# Vuelo de cuervos

# Erick Blandón Guevara
## Vuelo de cuervos

ALFAGUARA

**Vuelo de cuervos**

Primera edición: marzo, 2017

D. R. © 2016, Erick Blandón Guevara

D. R. © 2017, derechos de edición mundiales en lengua castellana:
Penguin Random House Grupo Editorial, S. A. de C. V.
Blvd. Miguel de Cervantes Saavedra núm. 301, 1er piso,
colonia Granada, delegación Miguel Hidalgo, C. P. 11520,
Ciudad de México

www.megustaleer.com.mx

ISBN: 978-607-315-282-2
Impreso en México – *Printed in Mexico*

El papel utilizado para la impresión de este libro ha sido fabricado a partir de madera procedente
de bosques y plantaciones gestionadas con los más altos estándares ambientales, garantizando
una explotación de los recursos sostenible con el medio ambiente y beneficiosa para las personas.

*Un gran vuelo de cuervos mancha el azul celeste.*

Rubén Darío

*... ya verá usted cuando la reina de Inglaterra se dé cuenta de lo que nos están haciendo.*

INDÍGENA MISKITO, ANÓNIMO[1]

[1] En Rivas, Álvaro. "Afinidad anglosajona de los miskitos". *La Universidad*. Julio-diciembre, 1994, pp. 18-25.

Yo iba como el jibarito, loco de contento, con el encargo de escribir la memoria. Dentro de mi cargamento llevaba el mensaje que el coronel Pulido le mandaba al subcomandante Mendiola. Todos los días revisaba la mochila para comprobar si siempre estaba allí, cosido en el doble fondo y protegido por un pedazo de plástico. Sabiéndome portador de un secreto militar jamás dejaba solas mis pertenencias. Aunque suponía su contenido, ignoraba por completo lo que decía el recado; pero el hecho de llevarlo conmigo me confería una importancia íntima que a ratos me convertía en el hombre más comprensivo de cada uno de los movimientos que ordenaba el mando. Como si tuviera alas en los pies, no sentía la aspereza del terreno que pisaba. Iba alerta. Trataba de notar los cambios que la naturaleza nos ofrecía con constancia. Los jardines, adheridos a los troncos y las ramas de los árboles, no los había visto tan hermosos ni olido tan fragantes. Me inventaba nuevos nombres acordes con la misión que me habían confiado. Escribir la crónica me parecía importante; pero más excitante era llevar una correspondencia que debía defender con la vida. El pseudónimo que mejor me hubiera calzado era Hermes. Sí, de ahora en adelante yo me llamaré a mí, Hermes. Lástima que no pueda decirle a los demás que no vuelvan a llamarme Laborío. El suelo alfombrado de flores como si una granada se hubiera abierto allá

11

arriba. Las granadas de donde llovían los versos de Darío, las que derramaban poesía y flores al paso del Jesús del Triunfo. *Y los timbaleros que el paso acompasan con ritmos marciales... Tal pasan los fieros guerreros...* Una granada de fragmentación es lo único que se puede esperar aquí. El tiempo tendré que aprovecharlo mejor. Si descansamos haré apuntes sinópticos. En la noche cuando paremos, antes de dormir, voy a ordenar las notas; y cuando llegue allá voy a empezar la redacción. Mi tarea ahora tiene una dimensión mercurial. Quién quita y, al llegar a donde voy, el tal subcomandante Mendiola dispone otra cosa. No Hermes, no; así se llamaba el más pendejo de mis compañeros del colegio.

El mando ordena hacer un alto. Sí, ya se convencieron de que estábamos perdidos. Siempre anduvimos perdidos. ¿O será que vamos a entrar en combate? *De qué se trata esta misión, político. Dígamelo nomás a mí.* En la noche Homero sintoniza Estéreo Revolución en su radio de nueve bandas, donde siempre suenan las canciones de los sesenta y setenta. Algunos nos juntamos para recordar. Nos ponemos románticos evocando los años de la universidad. *Apague ese radio, político, que me da cavanga.* Pero dejamos de oír el radio hasta las diez en punto cuando, cada noche, entre redobles y clarines, aparece la voz inflada de Artero diciendo: "Independientemente del lugar que como individuos ocupamos en la historia, no cabe duda de que esta revolución es obra del pueblo". Uno a uno nos vamos a nuestras respectivas hamacas y en los oídos resuena el anuncio del locutor solemne:

"Hablan nuestros dirigentes."

Un tarro de avena fue descubierto en la mochila de un soldado que, solitario, hacía su atol sobre el fogón. Se le obligó a compartir con todos. Digna lo amonestó con palabras muy gruesas por su espíritu individualista.

—Y a vos, Homero, el mando te ordena que me entregués el radio. Debe usarse en algo más útil que oír música imperialista.

—Estás loca y la cara que te ayuda. Si el mando necesita un radio, que lo pida a la jefatura.

—Así se habla, político —dijo un soldado en la oscuridad. Otra voz aflautada se hizo oír con sorna en la negrura del espacio:

—Que te compre uno el mando, Dignitá…

—Para qué estamos mandando, pues —murmuró otra voz anónima.

El silencio se impuso como una tormenta en las tinieblas. La sombra de la Digna se perdió en el estruendo apagado de la hojarasca húmeda. Su foco de mano trazó el rumbo de sus pasos que se dirigían hacia donde el mando tenía colgadas sus hamacas.

El obsoleto avión de carga comenzó a alzar vuelo y a dar tumbos. Sacudido por un incontenible temblor, Pinedita parecía atacado por el baile de San Vito. Estaba pálido y no podía hablar. Lloraba mientras otros lo sostenían. Inés del Monte y Juana de Arco le frotaban los brazos. Algunos reían burlonamente. Digna lo miraba con desprecio y condena. El aparato sobrevoló el lago y luego se enrumbó hacia el este. Nadie conocía su destino. Sólo les habían dicho que la misión era estratégica y peligrosa. Homero iba dormido en el piso del viejo avión militar. La noche anterior cada uno había tenido una fiesta de despedida. Los demás no parecían nerviosos. Manifestaban orgullo por haber tenido el privilegio de ser escogidos para probar que estaban dispuestos a llegar hasta el fin.

Expiarían su culpa. Apolonia parecía pensativa, ajena a los comentarios de los otros, de vez en cuando lanzaba una mirada solidaria para indagarse cómo estaba Pinedita. Aún lo llevaban sostenido entre varios. Era su primer vuelo y la altura lo horrorizaba o ¿acaso flaqueaba? La brigada. No sabían cuánto tiempo debían estar lejos. No menos de dos meses ni más de seis, decían. Claro, había quienes estaban dispuestos a renunciar a todas las comodidades de la ciudad e ir a donde se les necesitara por el tiempo que fuera. Digna, la primera en proclamar su ilimitada entrega, le disputaba a Buenaventura el rol de vanguardia. Juana tampoco se quedaba atrás. Los demás, aunque dispuestos a todo, reflexionaban más, indagaban los objetivos y cuestionaban la efectividad de las directrices. *Les faltaba espíritu militante*. En una sencilla ceremonia en las instalaciones de la Fuerza Aérea, fueron exhortados a olvidar su condición de intelectuales, de técnicos o de profesionales. Irían al monte; algunas veces bajo el mando de oficiales iletrados y debían comportarse con humildad y obedecer las órdenes sin chistar. No estaba previsto que discutieran nada, por absurdo que les pareciera. Debían estar claros de que en esas condiciones su opinión no tendría ningún valor. Todo estaba concebido militarmente y los militares no deliberan, obedecen. Ésta sería la oportunidad para adquirir la experiencia armada que les hacía falta para estar a la altura de los héroes. Apolonia esperó a que Virgenza Fierro bajara del estrado desde donde había presidido la ceremonia para espetarle, a boca jarro, su resumen del acto:

—Para librarse de la gente que estorba no hace falta tanto bla, bla.

—A vos no se te halla la cagalera, Apo. Fuiste escogida para que esta brigada se educara con tu ejemplo. Así lo hemos explicado por todos los medios y todavía te quejás —Virgenza apartó la mirada dando tiempo a que su halago surtiera el efecto esperado en la vanidad de Apolonia.

—No me quejaría si no supiera que detrás de esta decisión está la mano pachona de Artero.

—No, niña. Cómo se te ocurre. ¿Vos creés que Desiderio y yo lo íbamos a permitir? —el tono de la voz de Virgenza era de camaradería, aunque no disimulaba su aire de superioridad.

—No comamos mierda —la encaró Apolonia—. Ustedes saben bien que él no puede verme ni en pintura.

—Yo no sé nada. ¿Y a qué se debe eso? —Virgenza hizo un mohín falsamente ingenuo.

—No te hagás la de a peso conmigo —protestó fastidiada Apolonia—. Bien sabés que desde antes del triunfo yo combatí sus desviaciones y abusos. Le estorbo. Por eso me empuja para afuera y no va a quedar contento hasta que me vea pisoteada, al final de la nomenclatura que ustedes se han construido.

Nerviosa, Virgenza se mordió las uñas de las dos manos.

—Y lo peor es que ustedes se lo están facilitando como una concesión graciosa, quién sabe en pago de qué —prosiguió Apolonia con la voz quebrada y temblándole la barbilla.

—Mejor andate ya y no seás tan mal pensada —Virgenza hizo una morisqueta—. Corré que sólo vos hacés falta en el avión.

—Sí, es mejor —dijo borrando la lágrima que resbalaba por su lavado rostro—. Te prometo no morirme —se sonrió—. Así tendrán Apolonia para mucho rato —dijo antes de salir corriendo hacia la pista donde ya rugían los motores del avión.

Andamos sin parar desde el alba hasta el atardecer. No hay caminos. Resbalando subimos las pendientes de los cerros. Nos hundimos en el barro. Unas veces agachados y otras llevando la carga colectiva. Siempre con nosotros va el fusil y la mochila. Nuestra meta es encontrar el río, pero ya llevamos días en el mismo afán sin poder salir de esta selva. Los chanes que nos guían dicen que por aquí es la cosa; pero a nosotros nos huele que andamos perdidos. Ya se nos acabó la ración de alimentos fríos. Los soldados mantienen en alto la moral. Les pica el dedo por hacer el primer disparo. Muchos ya perdieron la cuenta de las veces que nos hemos tendido en la noche a esperar a que se haga el sol. En silencio caminamos y en silencio nos dormimos. No debemos alertar al enemigo que, según dicen, anda cerca. Que llueva, que llueva, la virgen de la cueva. La lluvia de los vientos alisios. ¡La pluvioselva! Ayer avistamos un Cessna haciendo vuelos rasantes; pero no nos pudo ver por lo espeso de la jungla. *Estamos desamparados en el mundo hediondo, el aire se ríe de nosotros, el agua se ríe de nosotros.*

Inés del Monte y Juana de Arco estaban sentadas frente a frente sobre la hierba, a la orilla de la quebrada donde después de bañarse habían lavado sus ropas. Esperaban que se secaran sus camisas tendidas al sol. La visera de sus gorras les cubría hasta los ojos. Apolonia nadaba en la poza y Digna la esperaba tendida en una gran laja. Juana de Arco tenía su fusil M 16 entre las piernas y lo acariciaba con ternura, levantó la cabeza y quedó viendo hacia donde estaban las otras dos compañeras y, en voz baja, dijo:

—La Apolonia es una gran resentida.

—No deja de tener razón… —comentó distraída Inés del Monte.

—Pues sí… pero no es para tanto —condescendió Juana.

—Es arrecho que te traten como si esta mierda no te hubiera costado a vos —se tendió boca abajo Inés.

—Lo que pasa es que ella quisiera vivir de sus viejos laureles —gruñó Juana.

—Ej —protestó Inés—, vos sí que sos de a verga. Vivís hablando de sacrificio y heroísmo; pero considerás envejecidos los laureles de quien se ha jodido luchando toda su vida.

—Es que ella piensa que porque estuvo no sé cuántas veces en prisión y porque al novio lo echaron a un volcán ya está libre de las nuevas obligaciones revolucionarias —repuso con desdén Juana de Arco.

—No hablés así, que la realidad te contradice. Si fuera cierto lo que estás diciendo, la Apolonia no estuviera aquí —dijo enojada Inés del Monte.

—Si está aquí es porque la mandaron a la fuerza; porque nadie la aguanta en la Casa de los Gavilanes criticando y haciéndole la vida imposible a los compañeros del Coro de Ángeles. Además —Juana golpeó el suelo con la culata del M 16—, ella se la voló chiche en el extranjero durante la insurrección mientras aquí mordíamos el leño.

—No sólo ella —respondió con ironía Inés del Monte—. ¿O acaso la Virgenza estuvo alguna vez dentro del país? Además, ella no andaba paseando. Allá la mandaron y allá fue; y si no hubiera sido por el trabajo del extranjero, aquí jamás hubiera llegado la pólvora y la plata para derrotar a la guardia.

—Bueno, por eso ahora tiene que empuñar el fusil, para cumplir la normativa de que los que no combatieron en la insurrección, tienen que combatir ahora. Así que se olvide de ese cuento de que está aquí por una jugada de Artero y del Coro de Ángeles para deshacerse de ella —sostuvo con autosuficiencia Juana de Arco.

—Montones hay que no hicieron ni mierda antes y que ahora se dan la gran vida mandando y jamás van a venir al monte —repuso airada Inés—. Ésa es la gente que se queda en Managua protegida como en un estuche.

—En esta revolución no hay privilegios. Mencioname a alguien que vos conozcás que esté exento de esta ley —la desafió Juana.

—Nomás comenzá por el Coro de Ángeles y sus alrededores, las esposas de los comandantes y los llamados cuadros estratégicos —ripostó con sorna Inés del Monte—. Ahí tenés a la Virgenza Fierro, que toda su vida se la ha pasado arrimada a las costillas de Desiderio. Ella te echa a los leones, pero nunca se incluye para ninguna misión anónima o de peligro.

—Vos sos extremista. ¿Cómo va a abandonar la mujer sus enormes responsabilidades al frente del trabajo cultural y de las relaciones con la Iglesia? —se impacientó Juana.

—Dejémonos de mierdas —gritó Inés del Monte—, lo que en los poderosos se justifica como enorme responsabilidad, en otros se tacha de flojera o debilidad. Lo cierto es que esta revolución a unos les cuesta sangre y otros se empalagan con su miel… Además, quién ignora que la Virgenza y Desiderio se han propuesto sustituir a la militancia histórica por gente corrupta y sin trayectoria revolucionaria, que es la que se ha encaramado en las posiciones de poder para enriquecerse.

—… Niñá, mejor doblemos la hoja —la interrumpió Juana de Arco—. Vos ya estás igualita a la Apolonia.

—Pues doblémosla, porque con vos no se puede platicar si uno no se subordina a tus criterios —Inés del Monte se dio vuelta y quedó de espalda a Juana de Arco, que tiró de su gorra, se puso de pie y gritó con la voz golpeada para que la oyeran Apolonia y Digna.

—Hey… Apolonia salí del agua que te vas a hacer sirena; y vos, bajo el sol —se dirigió a Digna—, cuidado te volvés iguana.

—¿Cuál es tu malacrianza? Ya vamos —respondió sorprendida Apolonia—, espérennos nada más un momentito. ¿Inés —gritó— qué le diste a la Juana que parece picada de alacrán?

Digna y Apolonia se unieron a las otras dos y Juana de Arco con cara de muy pocos amigos dijo:

—¡Apurémonos que se nos hace tarde…! —caminaron en fila india; pero Juana de Arco se adelantó, alejándose bastante de las otras tres.

Los jueves en el Hongo Jack se arma el gran relajo. *Sin saima sin mai ló.* Nosotros venimos para salir del aburrimiento de Kambla donde nos tienen confinados practicando soldado a la defensa y emboscadas. *Tululu pasa.* Apenas Dios amanece, nos llevan al campo de bravura a correr, hacer lagartijas, sentadillas, abdominales y simulacros. *Come down brother Willy come down.* Desde que sacamos a la gente de río abajo y río arriba, nos tienen en ese encierro de la gran puta. *Tululu pasa.* En el Hongo Jack bebemos y bromeamos. El mayor paga la cuenta, porque es amigo de varios de nosotros. Los soldados bailan en la pista. *Sin saima sin mai ló.* Ahí se matan bailando solos recordando a sus chavalas. *Palo de Mayo, mi hermano, para bailar bien rico; ya no sabe, pues.* Bebemos cerveza y Juana de Arco y Digna esperan que Narciso Pavón las

mire; aunque los ojos verdes del teniente Zarco cente-
lleen de celos por Juana. Pinedita se ríe de medio mundo,
cuenta chistes, le mienta la madre a todos y se burla de
la seriedad de Narciso a quien, disimuladamente, le dice
"Carepiña", cuando pasa a su lado. Buenaventura anota el
irrespeto.

—Ese lambisco es un come santos caga diablos
—comenta Homero refiriéndose a Buenaventura—. Dice
que va a pedir que lo dejen aquí, rogando a Dios que no
le hagan caso.

Los soldados, de su escasa paga, nos regalan cigarrillos
Alas, sin filtro y enrollados en pésimo papel. Todo el tabaco se te pega en los labios.

—Este hijueputa bloqueo gringo —murmura entre
dientes Homero aludiendo al embargo económico impuesto
por Estados Unidos, mientras enciende un cigarrillo Alas.

—A-las-que-he-mos-lle-ga-do —silabea Pinedita y
sorbe un cigarrillo Alas sosteniéndolo con dificultad entre
sus labios tapizados de picadillo de tabaco.

Los zapatos relucientes y el verdeolivo satinado del
uniforme de Narciso Pavón aparecen en el umbral. La pista está alumbrada con la sicodélica luz negra y los reflejos cuadrados de la bola giratoria que se estrellan contra los
rostros en el vértigo de ruido y luces. *Come down brother
Willy come down*. Las dentaduras blanqueadas, los ojos vi-
driosos. Parecemos más negros. La música deja de sonar.
Se encienden las luces normales y todo el mundo se pone
de pie. Inmóviles el *bartender* y los meseros. De pie el
*disc-jockey*. El panzudo embutido en su verdeolivo satinado, dos pasos más adelante de su escolta, mira desde lo
alto de su doble papada. Homero y Pinedita se quedan en
sus asientos, simulan no saber que ha llegado Narciso Pavón; y en el silencio profundo, sus voces a dúo, resuenan

20

por todo el salón. Con el acompañamiento de las palmas de las manos, cantan, desentonados y haciéndose los ebrios, la canción sobre la guerra civil de los gringos que hizo famosa el grupo Paper Lace.

*Billy don't be a hero*
*don't be a fool with your life*

Ese estribillo lo cantan los soldados, pero muy por lo bajo, a los jefes que siempre están pidiendo mayores cuotas de entrega y sacrificio. Las voces de Homero y Pinedita, ante el estupor general, esta noche resuenan muy claras. Juana de Arco los mira llena de ira, pero ellos continúan inspirados cantando con los ojos cerrados:

*Billy don't be a hero*
*don't be a fool with your life*

Apolonia permanece de pie, firme y sonriente. Buenaventura trata de ser visto en su sitio, muy distante de los dos levantiscos del grupo. Digna sonríe a Narciso Pavón, *el más fiero de los vencedores.* Los soldados parecen de plomo o más bien congelados. Narciso, aparentando indiferencia, ha paseado sus ojos por la pista y ordena, moviendo sus manicurados dedos, que siga la fiesta. Sólo así deja de oírse *Billy don't be a hero.*

Recobrado el rélax, el teniente Zarco se separa de Juana y va a reprender en voz baja a Pinedita y a Homero. Homero lo mira con fastidio, casi con desprecio. Pinedita sonríe y en tono conciliador le dice:

—No se agüeve, jefe, échese un trago con nosotros.

—Me lo vua echar —regaña Zarco con el índice derecho en ristre—, pero que no se repita el inrespeto hacia

21

un jefe. Ustedes están llamados a dar el buen ejemplo a los soldados.

—Pero no llore teniente… —bromea Pinedita en plan conciliador.

Apolonia se acerca y poniendo las manos sobre los hombros de Homero y de Pinedita comenta sonriente:

—La partieron ustedes dos. Ese soplado estaba a punto de estallar.

El teniente Zarco calla, finge estar ausente. Homero gira la cabeza hacia donde se halla Narciso Pavón y comenta:

—No, que no estalle. No quiero pringarme de mierda.

Pinedita ríe estruendosamente y Apolonia saca a bailar al teniente Zarco.

El Hongo Jack es el alma de las noches en Brackman.

Hasta que lleguemos al río nos van a explicar en qué consistirá la misión. *¿Político, para onde vamos?, dígame, político.* Saldremos de la selva, caminaremos en la arena. Hum… quién sabe si saldremos, estamos en el extremo norte del bosque húmedo que cubre la mitad de Nicaragua. La quebrada que asedian las pitas a donde se quedó. Nos vamos a mojar en una agüita clara. Un sombrero de pita, cuánta elegancia para un caballero extraviado. ¡Puta, qué altos estos palos! Los troncos de los árboles, como si estuvieran siendo estrangulados por las lianas, ascienden con desesperación al cielo y esconden su copa entre las nubes. Estamos privados del cielo en la selva. Un motor suena a lo lejos. Calmamos la sed chupando bejucos, mordiendo el tallo de las palmas de suita y bebiendo en los charcos. Los colibríes se abalanzan sobre el agua, la velocidad del movimiento de sus alas los mantiene suspendidos e inmóviles. Aletean a tal ritmo que me paro a ver si no es que se han quedado estáticos en el vacío. Parecen serpientes las lianas. No serpientes, sino trapecios para ir de un árbol a otro. ¡Quién fuera Tarzán! ¿Cuántos somos ahora, cuántos seremos después? Que nadie vea que voy dejando mis huesos en esta imparable marcha. Pancho recogió mi cantimplora y prometió, si se la regalaba, no decirle a nadie que la había botado. Su peso me estorbaba, me entrampaba en la red de lianas que como cables cuelgan de las ramas. El colibrí se me quedó viendo con su ojo giratorio, su plumaje púrpura desapareció de mi vista con la violencia de un rayo, se hizo humo, como si fuera un pájaro espía. *¿Dónde queda esa Esperanza, político, dónde?* Qué puta dirá este mensaje que el coronel le manda a Mendiola. Del color de una horchata, espeso como el chingaste de un refresco de cacao, con mucho hielo en el mercado… qué delicioso el chingaste al fondo de una bebida como el pinolillo, el tiste y la chicha, nada que ver con el verbo chingar de los mexicanos. Ésta es una tropa en harapos. Se oye a los pericos repetir con sorna: "Por aquí pasó un soldado todo sucio y derrotado". Lo que sabemos es que todo aquí es enemigo. El fango, el suelo, el día, los zancudos, la sed, la fatiga, la oscuridad, las hojas urticantes y las que como navajas nos hieren las manos. Todo a tu alrededor te cobra tu extranjera presencia, redentor indeseable. No hay nada más confortable que el fondo de mi hamaca en la intemperie de la noche. *Inés del Monte dame repelente para estos hijueputas mosquitos.* La misma cuesta las mismas ramas ese tronco de árbol me parece conocido los helechos las begonias andamos dando vueltas político nos vamos a marear un motor zumba a lo lejos mamacita sácame de este berenjenal la moral la mística nadie se rinde dejémonos de pendejadas político dígale al teniente que andamos perdidos una bandada de loras vuela segura a su guanacaste…

Narciso Pavón, delegado del gobierno, reunía bajo su autoridad todos los poderes en la zona. Él era el secretario político del partido y representaba al Poder Ejecutivo, dirigía la reforma agraria y todo estaba subordinado a él. Menos el ejército. El ejército no consentía intromisión de ningún otro ministerio en sus asuntos. Ni la presidencia de la República penetraba los inexpugnables muros visibles e invisibles del ejército. Pero se había organizado una coordinación. El coronel Olinto Pulido tenía reuniones periódicas con Narciso Pavón.

Narciso Pavón personalizaba en público el poder absoluto. Tenía el título honorífico de comandante. Los sindicatos, las asociaciones vecinales, las cooperativas agrícolas, los colectivos de artesanos, los grupos juveniles y los niños eran controlados desde su despacho. Todos los civiles se ponían de pie a su paso, también los oficiales cuyo rango era de subcomandante para abajo.

Mientras avanzaba en el pasillo central de un auditorio no se permitía a sí mismo mirar a ningún lado. Jamás veía a los ojos de los que le rendían saludo. Detrás de él caminaba un séquito de ayudantes y secretarios que atendían las distintas áreas del trabajo político organizativo. Finalmente iban los escoltas. Diríase que pasaba una procesión pontifical a través de las naves catedralicias con un turiferario abriendo el paso y cerrándolo un caudatario. Tal era la solemnidad. Salvo que un obispo en su grandeza se dignaría a repartir bendiciones a la grey agrupada a uno y otro lado. Las ocupaciones de Estado le impedían a Narciso Pavón entrar en contacto visual, cara a cara, con aquellos que en sus floridos discursos llamaba "nuestro pueblo". Tampoco lo hacía con los cuadros que trabajaban bajo sus órdenes en las diferentes instancias. Departir con él o llegar a su presencia era realmente un privilegio que no muchos alcanzaban.

Él era responsable del reclutamiento para las milicias, para la reserva y para el servicio militar. Informaba al coronel Pulido y luego entregaba las cuotas de reclutados que el mando militar le solicitaba. Olinto Pulido le pedía cuentas y él debía rendirlas. La sombra del ejército pesaba sobre él y esto hería el orgullo de Narciso Pavón. Aunque su corte y él procuraban mantener la imagen de que todo el poder se concentraba en sus manos, la gente conocía la verdad. Frente a los coroneles, Narciso Pavón era un cordero. Por mucho que se esforzara por parecer de igual nivel que los altos oficiales, éstos en secreto se encargaban de recordarle la inferioridad real. Reían y bromeaban de igual a igual. Sus mujeres intercambiaban chismes e invitaciones. Pero siempre había modo de que no olvidara que si todos eran iguales, había unos más iguales que otros, como al coronel Pulido le gustaba recordarle. Se lo decía al oído, igual que en ciertos círculos los hijos de matrimonio susurran "hijo de puta" al hermano bastardo. O como Apolonia, que en las reuniones donde había militares de rango respetable le susurraba:

—Ponete firme, para que de arriba nunca te venga ninguna desgracia.

Y Narciso Pavón reía nervioso, se turbaba tanto que su cinismo se venía en picada, abandonaba toda su forzada cortesía y se retiraba vulnerado. No soportaba la presencia de Apolonia, porque desacralizaba ante los demás su omnipotente imagen y por eso le complacía saber que ella era vista con desdén no sólo por Artero sino por todo el Coro de Ángeles.

—Aquí va a quedarse quieta —le prometió Pavón a Virgenza cuando ella le comunicó que en la brigada vendría Apolonia.

El motor. Oigamos su ruido, nuestra salvación. Ruge. Nos abre el paso en la selva. Nos atrae hacia la luz. Nos libera de este túnel vegetal, de esta maraña que nos tenía atrapados, de la eterna lluvia encargada de mantener el verdor. *Oiga cómo palpita, político.* El corazón bombeando vida. Cada vez se oye más cerca. Nos aproximamos con miedo de volvernos a perder. De resbalarnos en la humedad del suelo. Nadie habla, no sea que nuestras voces espanten el ruido del motorcito. Somos todo oído. Vamos muy atentos escuchando su pos, pos, pos. Los árboles derribados. Los primeros claros en la montaña. El barro infernal de un camino que está abriendo el tractor. *Pos, pos.* Denme una bomba más potente que mi corazón. *Pospospospós.* Dios te bendiga, motor, porque igual que Moisés nos has puesto en el sendero. Si fuera miskito adoptaría su marca como nombre propio. Ya me veo volviendo a mi casa llamándome Black and Decker. Bailes, gritos, llantos. Se nos olvida que estamos en la guerra. De pronto el hambre también deja de mordernos. Abandonamos el silencio. Un grupo de militares viene a nuestro encuentro. Regresaremos al punto inicial. Una semana perdidos doscientos cincuenta soldados, todos sucios y derrotados, con un hambre de cuatro días. Allí está Kururia. Comeremos en el banquete que nos tienen preparado: frijoles cocidos y guineo caribe. No importa que después tengamos que reemprender la marcha a pie. Nos bañamos en un río de agua viva, observados por las barbas de Walt Whitman, que cuelgan de las ramas de los pinos. Con esas barbas nos restregamos, ése es el paste en la montaña. Tendidos bajo el cielo descansamos mientras se secan los uniformes que se comió el sol. Homero y Juana de Arco, Boscán, Pinedita e Inés del Monte, Apolonia, Pancho y Digna qué hermanables son. ¡Qué hermanable Buenaventura! Los zopilotes cruzan el cielo muy lentamente, como si vinieran de hartarse en alguna tasajera. Y desde aquí qué lindo se mira el verano de la selva en el aire.

Aprendimos que no debíamos comer ni beber nada que nos ofrecieran los nativos. Tener tacto para rechazar cualquier alimento. No hablar nunca delante de ellos, pues muchas veces era fingida su incomprensión de la lengua española. Ellos podían envenenarnos. Ellos estaban al servicio de nuestros enemigos. Así que ya estábamos enterados: iríamos por un camino sembrado de trampas. Debíamos movernos sigilosamente y por sorpresa. Al caer el sol, Pancho y yo vigilamos que los soldados abrieran el hoyo y enterraran la yuca cocida que Matemática y Unión Soviética nos trajeron cuando supieron que habíamos pasado sin comer varios días. ¿O no se llamaban así? Bueno, todo ese día esos nombres fueron los que usaron, aunque después que volví a ver a Unión Soviética me dijo que se llamaba Bulova. Inmediatamente al llegar a un poblado debíamos proceder a organizar la salida de los civiles y después no dejar rastros. ¿A dónde los trasladaríamos? Ningún plan podía ser dicho por adelantado. Ningún alimento aceptado, aun así fuera el bocado que se estuvieran comiendo. Matemática asomaba su torso desnudo por la ventana de la cocina, sus pechos como dos trompos puyones se erguían desafiantes, eran su armadura. Me miró desde lo alto. La miré. No sonrió, pero mordió un pedazo del coco que se estaba comiendo y estiró su brazo de cacao para darme un pedazo. Sólo estábamos los dos, y nadie más supo que el sabor de aquel pedazo de coco era como de leche y miel.

Los campos labrantíos como retazos de un mosaico van cediendo su lugar a las violentas montañas. Hay hilos de agua que fluyen verduzcos o del color del barro, allá abajo. Me estremece pensar que éste pueda ser un viaje sin retorno. La Inés del Monte ríe para ocultar su miedo. Hay un brusco descenso. Apolonia está más seria que de costumbre. A Pinedita le han puesto una chamarra encima, pero tiembla horriblemente. La Digna nos mira con desprecio, cuán indignos somos de su compañía. La Virgenza dispuso que, de todos los del departamento, yo fuera el primero en dejar las comodidades de la capital para venir a pasar esta prueba. Yo, pequeño burgués graduado en la universidad, dándose la gran vida en el extranjero mientras los verdaderos revolucionarios se quedaron arriesgando el pellejo, combatiendo a la guardia. Es posible que no lleguemos nunca a nuestro destino. Turbulencias constantes. Aparten de mí este cáliz. ¿Quién beberá de aquellas aguas? ¿Remontarán los cayucos el lomo del río? La Inés del Monte pidió ser enviada a la línea de fuego. Los demás no tuvimos opción. Ella, que hasta el último momento había estado en su casa al frente de su familia. En el departamento yo siempre soy el elegido. ¿Por qué dice la Apolonia que Artero se quería deshacer de ella? Mis compañeros se preocupan por mí, quieren que abandone mi espíritu individualista. Por eso me asignan tareas que me ayuden a fortalecer mi conciencia revolucionaria, a olvidarme de mis debilidades ideológicas. Me mandaron a una escuela durante un año para ver si así se me quita la manía de leer puras babosadas. Tenía que aprender Economía Política, repetir al dedillo el manual de Materialismo Dialéctico y

28

olvidarme de escribir poemas. Hay que escalar la condición humana renunciando al liberalismo que heredamos de la vieja sociedad. El viaje no termina, la pedagogía cubana nos llevó de regreso a los tiempos de la lectura coral y repetitiva del Silabario Catón. Después de una prueba viene otra. Hasta cuándo será el día en que dejaremos de pedir perdón. ¿Y de mis compañeros del departamento por qué nadie se preocupa? Nadie trata de ayudarlos como a mí; y ellos, tan humildes que nunca se proponen para ninguna misión ni para ninguna escuela. La Virgenza Fierro cuándo dejará de enviar a los demás, cuándo va a venir ella. Volamos sobre el litoral. La arena de oro en el fondo de aquella agua de un verde celeste. El río que como hilo fluye. El río Wanki. Ya no se deslizan por su lomo los pipantes movidos por remos. Agarrémonos de las manos con Pinedita para que nos dé menos miedo el descenso. La Inés del Monte, Pancho, la Apolonia, vos y vos y vos, hasta la Digna, unidos al horror de Pinedita. Temblamos con él. Pinedita estaba muy contento ayer bebiendo y bailando, pensaba que la cosa nada más era de soplar y hacer botella. *Aytá hom, me iban a dejar en paz en la empresa si no me hubiera ofrecido de voluntario.* Se peleó con su padre cuando le dijo que él aspiraba a ser el hombre nuevo. *Es que él quería sacarme del país, decía que no me había educado en las mejores universidades para que terminara de jefe de producción de una empresa confiscada.* Pero ahora ya vamos montados en el macho y no queda más que jinetearlo.

—Estamos en un territorio enemigo. Todo este sector cayó bajo la influencia imperialista. Los nativos nos ven como extranjeros. Extranjeros en nuestro propio territorio, carajo. Si hacemos un poquito de historia recordaremos

29

que mientras a nosotros en el Pacífico nos colonizó España, el Atlántico estuvo bajo el dominio inglés. Recuerden que en nuestro caso hubo mestizaje; en cambio, aquí las etnias sobrevivieron; aunque, claro, en algunas zonas se habla inglés; y en el caso de la lengua miskita, ésta tiene muchos préstamos anglófonos. De manera que muchas veces ellos se consideran súbditos británicos y más de una vez se juntaron a la corona inglesa para agredirnos, como cuando en mil seiscientos y pico acompañaron a los piratas en el saqueo a Matagalpa y Granada. También en el pasado participaron en otras hostilidades en contra de los habitantes de aquellas regiones que no viene al caso enumerar. Lo cierto es que en distintas oportunidades los miskitos portaron los mosquetes que les dieron los ingleses. Ahora se está queriendo manipular ese sentimiento, para poner a la nación miskita en contra del proyecto revolucionario; y se alberga la ilusión de reclutarlos bajo la bandera yanqui, incluso con pretensiones separatistas. Para los miskitos nunca han existido las fronteras políticas y geográficas que separan nuestro país de Honduras. Ellos sólo reconocen a la nación miskita que tiene su asiento en ambos países. En el otro lado ellos reciben la influencia enemiga. Les han dicho que somos invasores de la nación miskita. Porque al enemigo le preocupa que nosotros entremos en el corazón de los que sufren. Para romper con esa influencia hemos prohibido el tráfico a través del río. Sobre ese caudal que es el Coco, o Wanki como le dicen los indios, dejarán de verse por mucho tiempo los cayucos milenarios o botes de remos de nuestros hermanos nativos. Ustedes compañeros, que integran la brigada, están persuadidos de que ellos no comprenden nuestra lengua. Nos llaman "españoles" a causa de que hablamos castellano, carajo. Ellos han sido manipulados en contra de la revolución que hicimos para redimirlos del oprobio y del atraso. Les han dicho que los despojaremos de sus tierras, de sus tradiciones y de su cultura. ¡Nosotros que hicimos la revolución para que los humildes se alzaran contra sus antiguos opresores, vemos hoy a los humildes alzados en contra nuestra! Debemos ser pacientes, sagaces e imaginativos como siempre fuimos. Tenemos que salvar a esta gente de la nociva influencia contrarrevolucionaria. En el pasado no fuimos capaces de reconocer que Nicaragua tenía diferentes realidades en el Pacífico y en el Atlántico. El programa de liberación nacional de nuestra inmortal organización político-militar desconocía la realidad histórica y cultural de las etnias. Pensábamos que lo que era bueno para el Pacífico era bueno para el Atlántico, y el enemigo ha sabido aprovechar nuestra omisión. Pero se equivocan si creen que van a arrancar del corazón de nuestro indomable pueblo el amor a la organización revolucionaria que lo llevó a la libertad, y que hoy se ha comprometido a sacar de su error a los nativos. Para apartarlos de esa influencia nefasta, vamos a evacuar la zona. Los trasladaremos a un lugar seguro, donde su integración al país sea efectiva. Allí ellos gozarán de todos los beneficios de la revolución. Tendrán tierra, vivienda, salud y escuela. Allí vamos a construir el paraíso donde han de fluir los ríos de leche y miel que alguna vez imaginaron nuestros héroes gloriosos. Por eso llamaremos al lugar donde los asentaremos *Tasba Pri*, que en miskito quiere decir "tierra libre".

En la cocina de la casona abandonada, donde estaba reunida la brigada con los principales mandos para conocer los detalles de la operación, una linterna sorda desplegaba su luz pálida. Narciso Pavón hizo una pausa, dejó de agitar las manos y su cuerpo. Bebió agua. La entonación, las inflexiones y los ademanes con que pronunciaba su discurso recordaban a Artero, cuyo decimonónico estilo de oratoria se había impuesto entre los cuadros intermedios que detentaban alguna responsabilidad política. Sólo que ahora Narciso Pavón no gritaba, sino que decía sus palabras en un tono amortiguado. Retomó el discurso queriendo conocer el estado de ánimo de cada quien.

—Están a tiempo de dar un paso atrás.

Hubo un silencio profundo, se oyó el turbulento ronquido de la lámpara. El primero en hablar fue Buenaventura:

—Venimos para llegar hasta el fin.

—Aquí no se rinde nadie —recitó Digna.

—¿En qué consistirá nuestra tarea? —preguntó Apolonia.

—Yo voy a donde me ordenen, a hacer lo que sea necesario —proclamó Juana de Arco con énfasis de ciega entrega que contrastaba con la interrogante de Apolonia.

—¿Y Homero, qué piensa? —preguntó Narciso distanciándose aún más de Apolonia que se quedó sin respuesta a su pregunta.

—Usted sabe comandante que yo siempre me quise parecer a usted —Homero había hablado en un tono adulador y como si ésa fuera la respuesta que esperaba Narciso Pavón, quien sin percatarse del sarcasmo, movió afirmativamente la cabeza y sonrió complacido.

—¿Cuánto tiempo va a durar la operación? —quiso saber Inés del Monte.

—Eso depende de la capacidad de movimiento que tengamos en el terreno, que es casi virgen—respondió el mayor que, junto a Narciso Pavón y al teniente Zarco, presidía la sesión.

Los otros varones habían regresado al Hongo Jack, donde el mayor los invitó a beber más cerveza mientras aparecía Digna. En cuanto nomás llegaron, se unieron al coro que cantaba *In The Navy*, esa canción era de las pocas que conformaban el repertorio musical de la *discoteque*. Todos los discos aquí eran en inglés o en creole, aunque el primer lugar del *hit parade* lo ocupaba el ritmo caribe del Palo de Mayo seguido del reggae. Pero *In The Navy*, de tanto oírla, cuando no la silbaban o tarareaban los soldados, la cantaban en coro. *In The Navy* era algo muy especial. Apenas comenzaba a oírse, las palmas de las manos sonaban hasta enrojecer acompañando las voces que gritaban:

> *they want you, they want you,*
> *they want you as a new recruit*

Cada uno de los que ocupaban la pista se convertía en mimo haciendo los movimientos y gestos de los integrantes de Village People; se rasgaban los uniformes, quedaban en camisolas y mostraban sus bíceps, pelaban los dientes y se aproximaban a la barra o a las mesas, como grupos de asalto, agachados, simulando tener una clava en las manos, un machete, un garrote o una llave inglesa. Todos eran el indio, el obrero de la construcción, el policía, el texano, el afroamericano o el soldado que formaban Village People. Después de los coros iniciales, se hacía una pausa que era interrumpida con mayor entusiasmo cuando resonaba el llamado de:

> *in the navy,*
> *come out and protect your mother land,*
> *in the navy,*
> *come out and join your fellow man,*

33

*in the navy,*
*come out and make a stand,*
*in the navy*

Retumbaba el piso con los saltos de cada uno de los que bailaban, las manos alzadas batían el aire pesado de la atmósfera llena de humo. Luego regresaba el delirio unánime con:

*they want you, they want you,*
*they want you as a new recruit*

Entonces la *discoteque* entera parecía a punto de estallar con su himno de guerra. IN THE NAVY EN HONGO JACK se leía en el rótulo fluorescente de la entrada, y nadie paraba mientes en la connotación gay de las canciones de Village People.

—¿Será así en La Rosa de Vietnam, al otro lado de la frontera, donde se divierten los gringos que entrenan a los reclutas de la Contra? —preguntaba inquisitivo Alí Alá, enfundado en su blanco balandrán y con el turbante rojo protegiendo sus oídos del chiflón del mar.

La música norteamericana deleitaba y entretenía a los soldados del ejército que era combatido con financiamiento del gobierno de Estados Unidos. *In The Navy* flotaba en el aire del tiempo y nadie, a excepción del poeta Alí Alá, defensor de la cultura autóctona, pensaba en la apología que su letra hace de la vida en la odiada marinería yanqui.

Aparte, Pinedita discutía a gritos con el mayor. Luchaban por hacer oír sus voces en medio del coro entusiasta de *In The Navy*. El mayor, apasionado fanático del béisbol era seguidor del Boer; Pinedita, que era espíritu de contradicción, siempre se oponía a los alegatos beisboleros del

34

mayor, aunque en realidad a Pinedita lo tenía sin cuidado cuál equipo era el mejor. Él alegaba por deporte. El mayor había comenzado hablando, deslumbrado, de las espectaculares atrapadas del primera base del Boer, Nemesio Porras, a las que Pinedita opuso los descomunales batazos del inicialista del Chinandega, Próspero González.

—El fildeo de Nemesio no se había visto antes en Nicaragua. Es que además de tener un guante seguro, al jodido parece que le hubieran hecho de hule el gancho —comentó admirado el mayor—. ¡Hay que ver cómo se abre y estira para coger la pelota! —exclamó.

—Pero un *hit* de Próspero le saca pujido al viento —riposió Pinedita—. El poder de ese bate es único... y tampoco es manco como fildeador.

—¿Y qué me dice de los cuatro campeonatos de bateo de Nemesio? —replicó enardecido el mayor.

—No joda —Pinedita se puso de pie y alzó la voz para que pudieran oírlo en las mesas vecinas—. Verga a verga, aquí el mejor primera base del país es Próspero González, no se confunda.

—Ej, lo que a usted le gusta es el inmenso bate de Próspero —lo encaró el mayor sonriendo con un gesto obsceno que hizo reír a los que lo rodeaban.

—¿Y no me va a decir que usted no añora las cogidas de Nemesio? —le respondió al punto Pinedita meneando sus caderas repetidas veces de atrás para adelante. Las sonoras carcajadas de los que lo oyeron apabullaron al mayor que levantó las manos en señal de que se daba por vencido. Pinedita, satisfecho, lo abrazó diciéndole:

—No hay nada mi hermano, se trata de suavizar la rigidez del rango.

—Olvídense, yo antes que otra cosa soy su bróder —respondió el mayor sosteniendo a Pinedita de los dos brazos. La rueda se disolvió cuando Pancho llegó a avisar que Digna había regresado.

—Vaya, qué considerada la niña —refunfuñó Homero.

Había pasado mucho rato antes de que Digna apareciera en la oscurana de la bocacalle. Caminaba sola. Las sombras hicieron desaparecer el rubor que ganó cuando Narciso Pavón, en el Hongo Jack, le ordenó esperar su turno para bailar con él. Ahora parecía como si viniera de conquistar un reino. Ésa fue la cara que puso ante Juana de Arco que, amartelada, conversaba en una banca del parque muy juntita al teniente Zarco. Inés del Monte fumaba un cigarrillo sentada en la cuneta y miró a Digna con desprecio. Pancho permanecía en el pescante del camión cuidando el sueño de Apolonia.

Fueron subiendo de uno en uno y acomodándose en el piso debajo de la tolda del camión. Junto a Juana de Arco el teniente Zarco se mantenía como amoroso y fiel custodio.

—¿Qué le ha pasado a la Digna? —preguntó asustada Apolonia mientras la sacudían para que despertara de su sueño.

—Nada, todo lo que le pasó fue bueno —repuso Homero con la voz arrastrada a causa de la cerveza.

—Aunque hubiera sido mejor si al menos le hubieran dado un raid o ya por último aunque fuera un aventón… —agregó Pinedita, dando un traspié mientras subía al vehículo, provocando la carcajada de los demás.

—No entiendo, qué es lo que les da tanta risa —comentó enojada Apolonia.

—No seas pendeja —le susurró al oído Inés del Monte—, qué no ves que se fue para la covacha de Narciso

Pavón y después de que se la cogió ni siquiera pudo mandar a dejarla. Se vino íngrima y a pie en las tinieblas.

—Qué barbaridad, así les gusta que las manoseen —meneó la cabeza Apolonia.

—Bueno, ya todos sabemos que ella tiene vocación para vagina de nomenclatura —sonrió Inés del Monte y se fue a sentar entre Pancho y Pinedita, quien completó la oración diciendo:

—Y es fama de que nunca abandona un lecho en el Estado Mayor sin dar las gracias al favorecido.

—Basta… Paren ya esos comentarios despiadados contra la compañera —reclamó Apolonia.

El camión arrancó rumbo al campamento de Kambla, a unos veinte o treinta kilómetros al oeste de Brackman. El frío de la madrugada atravesaba los uniformes. Los viajeros tiritaban. Los pinos en la sombra se balanceaban alumbrados por el inmenso plato que colgaba del negro muro de la noche, donde el deseo es rey. El elevado pino caribe mueve su cintura y parece una negra con la falda de agujas recogida en lo alto. Mueve la caderas de atrás para adelante y de adelante para atrás, mientras entre sus piernas un negro se contonea boca arriba, porque oye el Palo de Mayo que el viento le toca. ¡Qué pinos del norte ni qué pinos de Italia!

Titila la Estrella Polar y desde la constelación de la Osa Mayor en el Carro de Carlos se suceden, intermitentes, los maliciosos guiños de algunos ojos mefistofélicos. ¿Cuándo sabrán qué nuevo lugar van a ocupar dentro del aparato? Buenaventura, Digna y Juana de Arco subirán nuevos peldaños. No importa los sacrificios que haya que hacer. Digna, Buenaventura y Juana de Arco están dispuestos a pasar todas las pruebas que demande la consolidación del poder revolucionario. El incidente del soldado que olvidó su fusil en el saqueo de la casa en llamas se lo llevará el viento, pero Inés del Monte no olvidará nunca que dos veces levantó su voz contra un oficial de la Reserva del Alto Mando. Homero aprenderá que diez años de militancia clandestina, desde el movimiento estudiantil hasta la guerrilla urbana, no sirven de nada cuando se olvida que frente al ejército y al partido los méritos históricos no cuentan para todos; y que los jefes, aunque hayan surgido de la nada, nunca se equivocan mientras sean jefes. ¿Apolonia mantendrá hasta el final el estoicismo con que asume los ultrajes de quienes poco a poco la relegan para que se disipe en la memoria de la gente su trayectoria heroica? En estos tiempos lo que cuenta es el sentido práctico, la habilidad para mimetizar los valores que antes eran combatidos como desviaciones. Ahora hay que saber sentarse a conversar con el demonio y aprender de sus modales, descubrir sus medios para alcanzar las metas. Por su parte, Pinedita no piensa ponerle espuelas a la vida.

El paso apresurado de los rostros. La angustia impresa en cada uno. El terror y la desolación delineando sus facciones. La secuencia sin límites de una película proyectada a gran velocidad delante de los ojos de Inés del Monte. Una procesión silenciosa y a marcha forzada. Ancianos cargados en los hombros de sus nietos. Niños arrastrando a sus abuelas. Madres con hijos de pecho y otros agarrados a sus faldas. Trastos viejos, maletas de ropa raída. Acaso algún bocado para el viaje lejano que no habían previsto y que les fue anunciado en una lengua extranjera; lengua que no oyó el lamento por los muertos que dejaban desamparados en los cementerios. ¿Cómo se iban a doler aquellos "españoles" por sus deudos, si tampoco tenían piedad por sus venerados cocoteros, cuyos penachos ondeaban con libertad al viento y mecían en cada fruta la carne y el agua de la vida que los alimentaba? ¿Acaso no habían entrado al poblado derribando con el hacha las filas de palmeras sagradas que por siglos circundaron sus pueblos y las orillas del venerable río? Nadie había sido capaz de interpretar su llanto en la palabra *aluy*. ¿Y sus hombres dónde estaban? ¿En qué rumbo lejano se han de encontrar con los suyos, si es que llegan a encontrarse?

Inés del Monte cuenta que vio simultáneamente otra película. En Matagalpa, años atrás, una mujer muy joven busca proteger del bombardeo masivo a su pequeña hija, a sus hermanos menores y a su abuela de noventa años. Los hombres de la familia tampoco están en casa esta vez. Su marido ha muerto ya. Sus hermanos salieron para el monte, clandestinos. Los militares no entienden razones, obedecen órdenes. Ejecutan. Una mujer, un grupo de niños y una anciana pueden ser colaboradores de la guerrilla. Así que no puede haber ninguna compasión. La caminata es tortuosa, hay que vadear otro río, el Grande de Matagalpa, saltar de piedra en piedra. Pasar uno por uno a los niños y cargar entre todos a la abuela, cuyas rodillas reumáticas están casi endurecidas. Han salido amparados por las sombras del alba antes de que la aviación se venga en picada sobre el pueblo y deje caer sus bombas de quinientas libras o su artillería dispare contra todo lo que se mueva en tierra. Comida no llevan porque todo ha sido consumido. El cuartel de bomberos está atestado de gente, pero es el único sitio con un trapo blanco ondeando arriba de sus tejas de barro. Tal es la coraza que protege a los refugiados de la criminalidad de aquel ejército, la guardia, que mata por órdenes de un tirano. Las manzanas de los alrededores arden aún a causa del bombardeo del día anterior. Adentro del edificio bomberil, ella ha logrado un espacio para los niños. Debe aligerar el paso porque afuera, al otro lado del lote de parqueo que separa el refugio de la calle, está la anciana aguardando su turno de ser llevada al resguardo. Los helicópteros ya han comenzado su mortal raid matutino.

Pero hoy, Inés del Monte ayuda a otro ejército a organizar un destierro similar. Los que avanzan en el éxodo ahora tienen parecido horror al vivido en carne propia con su familia. También esta gente, cuando voltea a ver hacia atrás, hacia donde dejan sus enseres, sus animales, sus casas y sus muertos, mira las enormes columnas de humo que se alzan desde sus hogares en llamas. Oyen los incesantes disparos que abaten su ganado, sus animalitos.

Los recuerdos enturbian el criterio de Inés del Monte. Muy enojada enfrenta al teniente Zarco.

—No estoy de acuerdo con que además de sacar en barajustada a esta pobre gente le quememos sus casas y le matemos las reses.

—Tenemos que hacerlo para no dejarle al enemigo condiciones de refresco —grita el teniente Zarco.

—¿Pero el ganado? Estamos diezmando aún más el hato nacional. Con esto, la crisis económica se va a profundizar más.

—¿Y qué quiere la señorita, que se lo dejemos de alimento al enemigo?

—No, pero bien podemos organizar su traslado a los nuevos asentamientos. Pienso que allá todo esto va a hacer mucha falta.

—Compañera, eso retrasaría la misión y pondría en peligro los planes.

—Sí, pero esta gente jamás nos va a perdonar esta atrocidad. Tenemos que hacer algo para atenuar el impacto.

—Compañera, limítese a cumplir lo que se le ordena. Recuerde que aquí no vino a desarrollar su iniciativa.

—Tiene razón teniente, se me olvida, a veces, que ahora somos guardias.

Inés del Monte se sentía impotente. Desconsolada, miraba correr a los soldados detrás de las vacas y de las gallinas, afinando su puntería o disparando en ráfagas. Todo a su alrededor era caos e incendio. Oía los pilares vencidos por el fuego precipitarse hechos carbones donde hacía un instante habían sostenido las soleras de las casas. Los techos rumiaban los últimos murmullos de sus moradores, cuyo destino, al despuntar el día, sería diferente al que les fue leído en sus manos ¿o acaso ese destino estaba en alguna de las líneas confundidas por el tiempo? Viendo desplomarse el campanario de la aldea, reconoció en el aire la campana que tañía su postrer doble funerario. Era la misma campana que ella había hecho tocar esa mañana y a cuyos repiques los pobladores habían acudido alegremente. Las mujeres se desentumieron antes de levantarse del tambo, donde estaban sentadas en el frente pajizo de sus casas, cogieron a sus hijos y los grandecitos corrieron al convite. Remolonas, las más viejas arrastraban las chancletas de hule debajo de sus varicosas piernas. En sus sillas de reglas claveteadas se quedaron los ancianos inválidos, las cabezas apoyadas en el respaldo alto. ¿Quién de ellos pudo suponer que el dan darán de las campanas anunciaba el final del reposo, de la espera?

Su abuela estaba en pie bajo el vómito de balas de los helicópteros. Toda ella estaba rodeada de muerte. A su lado se desgajaban los cuerpos alcanzados por el fuego de la artillería. La suya era una vecindad de espanto. Gritos de heridos, carreras de quienes a lo mejor ya no iban a alcanzar el otro lado, donde podían salvar la vida, y desde

41

donde los parientes gritaban horrorizados. Dolor, tableteo de ametralladoras.

—¡Corré abuelita, corré! —dice que se oyó decir sordamente en el borde de la acera, donde el fuego granado le impedía ir al rescate.

La anciana, paralizada, mantenía las manos a la altura de la cabeza, haciendo la señal de la cruz. A la bruma de su ceguedad se agregaba ahora el tufo de la pólvora, los charcos de sangre, la carne rota y el llanto. En el parqueo yacían, acribillados, los cuerpos de algunas vecinas. Un padre muerto con su hijo tronchado sobre el pecho.

Inés del Monte cerró sus ojos ahogados en lágrimas y se cubrió las sienes con las dos manos. Estuvo así durante un lapso que pudo ser suficiente como para que la abuela cayera abatida sin que ella tuviera que contemplar el clímax de la escena. El ruido de la ametralladora cesó. Los aviones *push and pull* y el helicóptero artillado se retiraron del punto. Abrió los ojos y miró a la anciana, aún de pie, esperándola solitaria en aquel paisaje de muerte. Corrió y las lágrimas rodaron hasta el suelo. Las dos mujeres se abrazaron y en su abrazo albergaron la certeza de que podía haber una segunda oportunidad para vivir. La abuela lacrimosa no cesó de balbucear la letanía de su salvación:

*Infinitamente alabado*
*sea mi Jesús Sacramentado.*
*Infinitamente alabado*
*sea mi Jesús Sacramentado.*

Del gallinero de una casa envuelta en llamas vio salir a un soldado, que llevaba unos huevos en sus manos. ¡Su rescate de guerra! El hombre parecía hablar con su hallazgo. No miraba a su alrededor, contemplaba aquellos

42

maravillosos huevos, que a lo mejor era lo único que aún contenía vida en Andrestara. Inés del Monte volvió de su visión, y poseída por la rabia le gritó refrenando el llanto:

—Usted. Sí, usted. No se haga el pendejo.

Turulato, el soldado se sorprendió al oír que, en medio de la soledad y del incendio, una mujer a punto de llorar lo llamara con voz autoritaria.

—¿Donde dejó su fusil? —lo encaró bruscamente.

Los huevos rodaron hasta el suelo y se rompieron. Desconcertado se palpó el hombro, buscó en la espalda y se miró el pecho. Quedó viendo a Inés del Monte con los ojos perdidos. Estaba derrotado.

—Se me quedó allí dentro —titubeó señalando hacia la casa cuyas últimas paredes de tablas atravesadas se tragaban las llamas.

Inés del Monte respiró muy hondo, como dando tiempo a que el esqueleto ardiente de la casa se derrumbara sobre las brasas inútiles de los que una vez fueron los zancos. El soldado también permanecía inmóvil. Los dos contemplaban aquel tétrico juego pirotécnico. Con la furia contenida en los dientes apretados, aunque delatada por una gorda lágrima en mitad de la mejilla, Inés del Monte le dijo:

—Vaya donde el teniente y dígale que nos estamos quedando desarmados.


Pinedita anda cabizbajo, se rasca la cabeza y parece como si hablara solo. ¿Pinedita, dónde dejaste tu jodedera? Los obreros y los campesinos llegarán hasta el fin, pero Pinedita dijo que él sólo los acompañaba hasta el sindicato.

—No hom, lo que pasa es que no entiendo por qué estamos desbaratando las pocas cosas buenas que tenemos. Es que somos unos grandes encabes. Si el enemigo entra, no tendrá lugar para guarecerse, ni hallará comida para alimentarse, ni gente que lo apoye. El hospital de Bilwaskarma, nosotros que no tenemos hospitales, lo destruimos por completo para que el enemigo no tenga dónde curar sus heridos, decime vos…

—Dejémonos de mierdas, Pinedita, los obreros y los campesinos no están yendo con nosotros a ninguna parte.

—Total, que para que el enemigo no halle condiciones favorables nosotros le estamos haciendo su trabajo desbaratando lo poco que tenemos. Y dicen que el hospital de Bilwaskarma era uno de los mejor equipados del país. Si usted hubiera visto, projesor Laborío, con qué dolor vi quemarse el armonio del obispo.

—No seas fantasioso Pinedita, ¿cuándo ha habido armonio en una selva?

—Por ésta, le juro que yo lo vi con toditas las partituras.

—Lo que pasa es que vos sólo sos tapas y a la hora de socar siempre reculás.

—No, hom. Lo que a mí me agüeva es que esta gente jamás va a perdonarnos que hayamos hecho esto. ¿De dónde clase obrera si aquí no hay industrias y con el bloqueo yanqui las que hay se están cerrando?

—Alegrate, hom. Cantate tu canción de la Purísima que arreglaste para Lalo Chanel:

*Ella es la más hermosa,*
*ella es la más radiante,*
*la reina poderosa del coro celestial…*

¿Cómo es?

—A cuenta de qué vamos a joder a estos pobres indios en nombre de los obreros y campesinos y del poder

44

popular... Sí hom, eso fue cuando se nacionalizó la industria láctea. La Selecta, La Completa y La Perfecta pasaron al control estatal, desde entonces se han bajado los índices de rendimientos de esas procesadoras y a la pobre gente se le hace más difícil conseguir la cuajadita y la leche de los hijos. Pero Lalo Chanel tiene un nuevo juguete: una vaca que ordeña en el patio de su oficina, y ahora le ha dado por producir quesos exóticos, el payaso. En La Completa procesamos queso Gouda y Camembert para la nomenclatura, mientras en La Selecta y La Perfecta empacan leche en polvo diluida en agua para el consumo popular. Los campesinos no quieren ir con nosotros a ninguna parte.

—Pinedita, por tapudo te ha ido siempre mal.

—Aytá hom, decime cuándo viste a la clase obrera volando verga contra la dictadura. Puras culistadas para arrebatarle a los jóvenes su mérito y hacer que a güevo calce la historia con el manual de la lucha de clases. Vieras qué jodarrias las que montamos cuando Lalo Chanel llega a La Completa.

—Ya te vua a creer, hom, que lo vulgarean en su cara.

—No, en su cara no, pero mientras él anda dando vueltas viendo la planta con la aristocracia sindical, todos los hijueputas de la procesadora nos ponemos a cantarle:

*Ella es la más selecta*
*ella es la más completa*
*ella es la más perfecta*
*del coro celestial*

Y só, nos callamos cuando la comitiva sorprendida se acerca tratando de averiguar de dónde viene el canto; pero en eso, de las otras bandas se levanta de nuevo el coro.

—¿Y por qué no le ponés de una vez "Coro de Ángeles" en lugar de "coro celestial"?

45

—Porque así no sale el verso, mi estimado projesor Laborío.

—Es que ya sabíamos que nosotros no teníamos por qué discutir ni mierda con los oficiales —manotea Buenaventura.

—Ve, niñó, lo que pasa es que ese Homero siempre ha sido un gran liberal —se sulfura Digna—. Yo no me explico por qué lo mandaron con nosotros.

—Bueno, dicen que lo que pasó fue que él intervino en defensa de la Inés del Monte —aclara Pancho.

—Ésa es otra que le ha chupado todos los defectos a la Apolonia y por eso está ensartada en semejante clavo —resopla Digna.

—¿Y vos creés que la Apolonia los va a defender esta vez? —hace un mohín de ingenuo Buenaventura.

—Ej, ni lo dudés; ya no sabés que ella es la abogada de las causas perdidas —suspira Digna mirando de reojo a Pancho.

—En una cosa estoy de acuerdo con ellos dos; y es que los soldados la cagaron ante los civiles —Pancho se mete las manos en los bolsillos del pantalón y apoya un pie contra la pared.

—Lo que querrás mi hermano, pero el mando es el mando y ninguno de nosotros tiene por qué olvidarlo —Digna filosofa, eleva su mirada y la pierde en el vacío—. Así que bien ganada tienen la sanción. Ni que santa Apolonia llore lágrimas de sangre —suspira de nuevo—, se les va a levantar el castigo.

—Eso ni dudarlo —repone cabizbajo Pancho en la fila donde los tres esperan les entreguen la correspondencia que trajo el helicóptero.

—Dentro de la brigada, la misión de mayor importancia será la tuya.

—¿Por qué lo dice, coronel?

—Bueno, queremos que vayás y tomés nota de todo lo que veás y que después, con lo más relevante, escribás la memoria.

—¿Usted quiere un informe completo para la comandancia?

—Eso, por un lado; pero lo más importante es que nunca se olvide esta experiencia. A lo mejor un día se difunde y sus protagonistas no quedamos olvidados.

—Claro, eso debió hacerse desde el principio.

—Sí, pero vale más tarde que nunca.

—¿Y qué piensa que debo hacer? —fruncí la boca y el bigote me tupió los hoyos de las fosas nasales.

—Seguir en la marcha hasta San Carlos. Allí le vas a entregar un mensaje al subcomandante Mendiola.

—¿Voy a llevar un mensaje o voy a hacer una memoria?

—Para hacerla es necesario que el subcomanante Mendiola conozca los objetivos y te brinde apoyo —el coronel se acercó, puso un brazo sobre mis hombros y adoptó un tono confidencial—. Ese mensaje debe ser protegido por vos y no abrirlo ni permitir que nadie lo lea.

—Bueno, yo he sido correo… —dije ufano.

—Pero esta vez, si te pasara algo en el trayecto de Andrestara a San Carlos, el mensaje no puede caer en manos del enemigo, porque su contenido es secreto militar —me palmeó.

—¿Y quién me va a dar el mensaje?

—Yo, mañana, en la mañanita, cuando se reanude la marcha. Por ahora andate a dormir que la salida va a ser temprano, bien oscuro. Decile al jefe de la guarnición que digo yo que te preste un foco de mano.

—Gracias, coronel. Permiso para retirarme —dije y me cuadré dando un talonazo.

Lejos de donde acampaban los soldados y la población, el mayor colgó su hamaca debajo de una inmensa ceiba que extendía sus ramas frondosas como un gigante que se desperezara después de su secular siesta interrumpida por un extraño ruido. Cerca de él, custodiándolo, sentado sobre una gran raíz, Pancho había arrimado la espalda contra el tronco de aquel árbol. Jefe y subordinado descansaban en la tienda que el paisaje les tenía desplegada.

Pancho aprovecha el reposo y saca de su mochila, para leer, a gusto, la carta de su madre:

Primero Dios que al resibo de ésta te encontrés zano y con bida no sabes cómo me puce de contenta cuando me abisaron que en el Zonal tenía carta tulla ay nomas salí corriendo a vuscarla pues ya sabes cómo somos las mamás yo estaba alegre pero además con miedo de que huviera una mala notisia pero por dicha vos mijito estás bien yo todas las noches te encomiendo a la Sangre de Cristo y le pido que bolbás pronto aquí en la casa la vamos pasando cayendo que lebantando como podemos pero vos no te preocupés que Dios proveerá lo que si te pido es que le escribás al bandido de Uriel que no deja de beber y de venir borracho todas las noches regañalo yo le digo que es un ingrato que de nada zirvio que vos te ofresieras de boluntario para irte mobilisado en lugar de él porque ni se toma las medicinas ni deja el guaro. en cambio le digo que a vos tan responsable tan trabajador y estudioso en cualquier momento Dios no lo quiera te pueden traer muerto además le digo que no olbide que por zalvarle el pellejo vos te ofreciste alegando su enfermedad pero a él por un oído le entra y por otro le sale no se aparta de la gavilla de borrachos buscapleitos yo le digo que un día de éstos en el Zonal van a desir que es mentira lo de su enfermedad y lo van a mandar quién sabe a dónde pero él se atiene a que mientras vos andes mobilizado a él lo van a dejar tranquilo porque no se pueden llevar a dos hermanos a la misma vez dice bueno mi Panchito ya dejo de contarte cosas tristes que pueden preocuparte quiero que mejor vos me contés más de esa muchacha que decís que te gusta y anda con vos eso me alegra mucho pues ya veo que no estás tan solo fue una dicha que te hayan mandado a trabajar con esos compañeros de esa brigada que decís que te estiman mucho y parece que están bien conectados porque a como disen el que a buen árbol se arrima buena sombra le cobija me consuela saber que en medio de las dificultades tengás quién te quiera y aprecie pero cuidate mucho mi hijo que aquí no hallamos la ora de que te den salida para celebrarlo y dar gracias a Dios y a la Virgencita tus hermanas te recuerdan mucho y cada que están oyendo el radio me dicen oiga mamá la canción de Pancho cuando vengás aunque sea de pase te vamos a...

—Pancho —llamó el Mayor—, averigüe qué diablos les pasa a esas nativas, que no han parado de gritar *aluy, aluy, aluy*. Ya me tienen agüevado.

—Es que Homero y la Inés del Monte dicen que están llorando por sus cocos —Pancho dobló la carta y se la metió en el bolsillo del pantalón.

—No le haga caso a los díceres y búsqueme una respuesta convincente —el mayor se levantó.

—Pues qué quiere que le diga, si desde que el capitán Malpartida autorizó a la tropa a usar el hacha para apear los cocoteros, empezaron a llorar.

—¿Y qué es lo que les duele?

—Pues no le digo que los intérpretes les dijeron a la Inés del Monte y a Homero que el dolor es porque les están derribando las palmeras.

—Ve… Estas indias sí que son… tanto llanto por un tronco. Yo no le hallo.

—Parece que alegan que si queríamos los cocos, ellas mismas se hubieran podido encaramar para apearlos. Pero el capitán Malpartida dijo que eso sería muy dilatado; y entonces dio comienzo la derriba y la llorona.

—Bueno, pero yo lo que quiero que usted me averigüe es por qué les duele que boten los cocoteros.

—El intérprete dijo que para los miskitos las matas de coco son sagradas y no pueden caer al suelo.

—Hum… ajá… ¿y qué más?

—Yo no sé… Yo hasta oí que esas mentadas mujeres dicen que todo esto lo va a saber la reina de Inglaterra.

—Pancho usted sí me despabiló el sueño, vaya donde el capitán Malpartida y dígale que quiero hablar con él.

—Sí mayor. Permiso para retirarme —dijo Pancho al compás de un talonazo.


—En primera instancia a ustedes les corresponderá el aseguramiento político de la evacuación de los civiles —explicó acariciándose los cachetes llenos de acné, Narciso Pavón.

—Barájemela más despacito, comandante —se puso de pie Pinedita—. ¿En qué consistirá eso del aseguramiento político?

—Muy buena pregunta —el comandante se rascó el abdomen—. Significa que ustedes serán los políticos de la misión. Tendrán la grave tarea de orientar a la tropa de manera que los soldados acaten las órdenes de manera consciente. Es decir —se pasó el dorso de la mano debajo de la papada y miró arriba de las cabezas de los que lo oían—, que a ustedes les va a tocar explicar cada uno de los pasos que se den durante las operaciones. Esto, ante las tropas; porque cuando se trate de plantearle a la población civil en qué consistirá su movilización, también serán ustedes los encargados de esa misión.

—¿Eso implica que con nosotros irán nativos que traduzcan? —lo interrumpió Inés del Monte.

—Se procurará tenerlos siempre —Pavón imitó de nuevo las inflexiones de la voz de Artero—. Cuando no sea posible, ustedes deben ingeniarse la forma de transmitirle las orientaciones a la gente, de manera que todos comprendan, lo menos traumáticamente posible, el porqué deben dejar para siempre sus casas y los lugares donde han vivido desde los tiempos de sus ancestros. A ver —trató de ser amable—, allá está levantando la mano Apolonia.

—A mí me inquieta —comentó ella— saber si el lugar que se escogió para los asentamientos tiene las mismas características geográficas y climáticas de aquellos donde esta gente ha vivido siempre. Bueno, por supuesto que me preocupa también el hecho de que contemos con pocos compañeros que hablen la lengua de los nativos; pues es un claro indicador de la escasa base social que tenemos entre ellos; además de que sin intérpretes la cosa se va a poner más difícil.

—¿Y quién te ha dicho que las cosas en la guerra son fáciles? —la encaró con brusquedad Narciso—. Pero voy a concretarme a contestar tus preguntas —prosiguió en un tono menos hosco—. Primero, el lugar de los asentamientos fue escogido por un grupo de especialistas de los distintos ministerios, que han estado trabajando en eso desde hace varios meses. Podés estar tranquila, ellos también previeron inquietudes como las tuyas —Narciso Pavón oscilaba entre la arrogancia y la incertidumbre—. Aunque, claro —prosiguió—, era imposible garantizarle a los nativos un río como el que hasta ahora han tenido, navegable y con palmeras de coco en su orilla. En segundo lugar, ya expliqué al comienzo de mi exposición, que hasta ahora es que la revolución se acerca a esta gente. En consecuencia no debe asustarte —clavó sus ojos en Apolonia— que tengamos poca base social entre ellos.

—Comandante, supongo que con la capacidad de previsión de nuestros líderes, en los asentamientos habrá puestos de salud y de comida —Buenaventura no pudo ocultar su propósito de ofrecerle al jefe la oportunidad de lucirse.

—Ciertamente, Buenaventura. Tenemos preparados materiales de autoconstrucción para que la gente levante sus viviendas —se pavoneaba Narciso Pavón—. Aunque en los primeros días deberán alojarse en barracas forradas con plástico. También tenemos alimentos para tres meses; pero inmediatamente que lleguen, cada familia recibirá tierra y semillas para sembrar. Una brigada médica los está esperando en la zona para vacunarlos y atender las emergencias. Igualmente los maestros están listos.

—¿Para enseñar en castellano, comandante? —asaltó la palabra Homero

—Ellos deben aprender en las dos lenguas, aunque por ahora no todos los maestros conocen el idioma de la región —respondió molesto Narciso—. ¡A ver!, aquí el mayor quiere decirles algo; y luego se retiran a descansar que mañana comienza lo duro, algo que va a pasar a la historia, carajo —dijo mientras abandonaba la reunión a pasos muy lentos.

—Yo sólo les quería informar que mañana ustedes serán dislocados hacia diferentes partes —dijo el mayor una vez que quedó a solas con la brigada—. Algunos irán con las tropas de manera permanente y otros trabajarán entre los civiles. Así que los que vayan en los pelotones tendrán que vigilar la disciplina para que no haya abusos de parte de los soldados. Los que se muevan junto a los civiles tendrán la responsabilidad de que ellos colaboren como ya les explicó el comandante Pavón.

Los nativos le impusieron a la marcha un ritmo acelerado. El peso de sus cargas parecía leve. Dejaron sus sitios con furia reprimida. Pero en el paso veloz que llevaban podía medirse el pulso de su cólera. La tropa iba extenuada. Al llegar al Waspuk, el río que separa la zona fronteriza del interior del territorio, se juntarían con el pelotón que mandaba el capitán Malpartida, cuya misión era reforzar la travesía por las furiosas aguas del Waspuk, a fin de evitar la dispersión y el desorden. Había cuatro balsas para pasar, de una orilla a otra, a más de cinco mil personas entre civiles y militares. Así que estaba previsto que, al llegar a la otra orilla donde los esperaba Malpartida y su gente, se hiciera un alto para descansar y reemprender la marcha después del mediodía. Malpartida había llegado al punto muy temprano en la mañana. Su tropa estaba en reposo y solicitó permiso para cortar cocos. Al ver la dificultad que tenían para trepar, decidieron derribar los cocoteros. Cuando las primeras mujeres nativas cruzaron el río y vieron los centenares de matas taladas y los penachos pisoteados en el suelo, comenzaron a gritar espantadas y corrieron a informarle a Inés del Monte. La tala era imparable, cada soldado quería su propia hornada de cocos. Se apresuraban para acabar con los cocoteros

53

antes de que llegaran los hambrientos batallones que desde la otra orilla venían, mal comidos y exhaustos por las largas caminatas, evacuando de aldea en aldea a la población. Inés del Monte y Homero fueron a hablar con el capitán Malpartida. Le explicaron que los nativos consideraban sagradas las palmas de los cocos y que aquello estremecía su corazón. Las mujeres y los niños lloraban. Los ancianos, resignados, callaban. Los cocos representaban la vida y ésta estaba siendo cercenada por las tropas.

—Capitán, detenga a su gente —le solicitó Homero.

—No veo por qué si ellos tienen sed y hambre —repuso el capitán Malpartida sin alzar la vista del coco que partía con su bayoneta.

—Sí, pero como le explicó la Inés —insistió Homero—, lo que los miskitos no quieren es que les derriben las palmas.

—Pero no vamos a perder el tiempo cortando los cocos uno por uno —bostezó el capitán.

—Nosotros les dijimos que respetaríamos su entorno y ahora ven que les están echando al suelo esas palmas —dijo Inés del Monte.

—Bueno, entonces cumplan ustedes lo que prometieron; porque yo no me he comprometido a nada —ripostó Malpartida.

—Déjese de prepotencias —lo desafió Homero—. Aquí hay órdenes de impedir que haya abusos contra la población.

—Aquí las ordenes las doy yo —gritó el capitán—, me entiende don Homero. Y yo ordeno que mi tropa coma.

—Usted y su gente se están cagando en todo —lo encaró Inés del Monte.

—Más respeto, señorita —el capitán Malpartida montó su revólver—. No olvide que aquí estamos bajo ley militar, y que yo soy un oficial de la Reserva del Alto Mando.

—Nadie discute su autoridad, pero usted debe hacer que se respeten las tradiciones de esta gente —arguyó Homero—. A este paso voy a creer que nos dicen españoles no porque hablamos castellano sino porque actuamos igual que los conquistadores, arrasándolo todo, quemándolo todo y destruyendo las creencias de los nativos.

—Lo que yo voy a hacer, don Homero —gritó Malpartida encañonándolo con su Makarov—, es que los detengan a ustedes por andar de abusados hablándole así a un oficial y contraviniendo órdenes, no jodan —la escuadra que acompañaba al capitán rodeó a Inés del Monte y a Homero, apuntándolos con sus armas de guerra reglamentarias—. Entreguen sus fusiles inmediatamente —les ordenó a los dos—. Y se me van a estar quietecitos, si no quieren pasar a consejo de guerra y ser fusilados por contrarrevolucionarios.

Homero, después de pasar con Inés del Monte por las averiguaciones y sanciones ordenadas por el mando, diría que inexplicablemente lo único que pudo evocar en aquel momento, en el cual sintió que su vida dependía del mal humor de un bruto con el poder de ordenar o perdonar su fusilamiento, fue el letrero con el verso de Darío: "Fanfarrias macabras, responsos corales...", que una vez en la sombra de la noche había ido a pintar con un piquete de estudiantes a la entrada del Teatro Nacional Rubén Darío, en ocasión de la pantomima que allí celebraría Somoza para traspasarse a sí mismo el mando. Al verse con la boca de nueve milímetros de diámetro de la pistola automática de Malpartida apuntando contra sus huesos, dijo que sintió el mismo vértigo que le producía el pararse en una cima al borde de un precipicio y que sólo pasado ese instante pudo reavivar las imágenes más queridas, pero casi olvidadas; sobre todo las miradas de asombro y horror que su madre y los mayores de su familia, simpatizantes de la revolución, se entrecruzaron cuando lleno de regocijo les informó que había sido seleccionado para formar parte de una brigada selecta, a la que nada más se llamaba a los militantes vanguardias. Entonces, pasado el impacto de la novedad, su madre se puso contenta y casi saltaba de tan feliz, orgullosa de que a su hijo se le reconocieran los méritos y gozara de tanta estima.

—Pensé que si Malpartida me hubiera disparado, a mi pobre vieja le iba a pasar lo mismo que a la madre jactanciosa de John Brown, en la balada de Bob Dylan, que cuando se fue a la guerra no cabía de contenta, pero cuando volvió incapacitado no pudo reconocer lo que le mandaba de regreso aquello que ella llamaba, juguetona, la buena y anticuada guerra —parecía monologar porque miraba hacia abajo, como buscando un punto mínimo en la yerba que pisaba, apartado de las tropas y lejos de la población civil, junto al crique donde se había reunido para hablar en privado con Pinedita, Inés del Monte, Apolonia y Pancho, que callaban como si reflexionaran en las consecuencias que podrían tener los últimos eventos que habían vivido y presenciado.

Al fin, Homero interrumpió el casi interminable silencio para decir en tono muy grave:

—Yo nunca habría tenido la oportunidad de asustarme viendo cara a cara al enemigo como aquel soldado gringo en tierra extraña, quien pudo decirle a su mamá: *"Don't you remember, Ma, when I went off to war, you thought it was the best thing I could do?"* Él volvió ciego y destrozado al punto de que su mamá no lo reconoció pero, al fin y al cabo, vivo y con un puño de inútiles medallas que dejó a su madre; en cambio yo estuve a punto de volver muerto, con pena y sin gloria.

Inés del Monte viéndose las manos como si no fueran suyas y también como si hablara para sí misma mientras parecía, apoyada la cabeza en el pecho de Pinedita, recobrar la vida en un cuerpo ajeno dijo:

—Cagándome del miedo aprendí en vivo que lo que suponía remotamente probable podía ser una cuestión de rutina, que no sólo el fuego enemigo cause bajas en una guerra; y no pude no revivir la eternidad de muerte que para mí fue ver a mi abuelita al alcance de las balas de las ametralladoras disparadas desde los helicópteros.

—Y qué tal si como en la canción —intervino tímidamente Pancho con el obvio propósito de bajarle densidad a la atmósfera cargada de resentimientos— mejor hubiéramos seguido la recomendación de la mamá de John Brown —hizo una pausa, fingió un gesto maternal y canturrió desentonado a la Bob Dylan—: "Haga lo que el capitán le diga, mi hijo, y ganará muchas medallas".

—Nos hubiera llevado la gran puta —respondió en el mismo instante Pinedita—, porque las que otorga el capitán Malpartida son de plomo.

Inevitablemente todos sonrieron por la ocurrente cita e imitación de Pancho y por la macabra respuesta de Pinedita. Apolonia, sin mostrar enfado por la abrupta contestación dada al casi siempre callado Pancho, suspiró hondamente como para indicar que, de su parte, ahí concluía la plática y exclamó:

—¡Qué sería de nosotros si no te tuviéramos a vos, Pinedita, para endulzar los tragos más amargos de la historia!

La frase última de Apolonia, una cita del poeta Ricardo Morales Avilés que se había vuelto un lugar común en las conversaciones de los brigadistas, funcionó como elemento de dispersión, porque después de dicha y oída uno a uno se fueron levantando del zacatal donde habían permanecido sentados. Pinedita puso su brazo derecho sobre los hombros de Inés del Monte, Apolonia se asió a la mano que Pancho le ofrecía y, detrás de ellos, Homero fue lanzando guijarros sobre el riachuelo donde formaban remolinos que se detenía a contemplar meditabundo como para retrasar su regreso al campamento.

El enojo de Alí Alá tenía su origen en que no lograba ser escuchado por los dirigentes de la región, que lo miraban como a un loco aunque era respetado como el hombre que mejor conocía y defendía las raíces culturales de las diferentes etnias del Atlántico. Desde que regresó del Pacífico a donde había sido invitado para participar en el Maratón de Poesía y pese a no haber podido leer sus *Poemas Atlánticos* como estaba programado, concibió la idea, viendo la pasión que el Coro de Ángeles tenía por los festivales, de organizar un gran encuentro cultural en Brackman, que reuniera a todos los grupos étnicos del país y en el que cada uno tuviera la oportunidad de hacerse representar con sus variadas manifestaciones culturales.

—Sólo conociendo nuestras diferencias podremos alcanzar la unidad que hoy nos falta —insistía el poeta—. Un gran encuentro de esta naturaleza, si bien no sanará las heridas abiertas, al menos servirá como un bálsamo, y hasta podemos lograr que la atención del mundo cambie su enfoque hacia nosotros. Verían que somos capaces no sólo de empuñar el acero de guerra sino también el olivo de paz. Sólo llegando a lo más hondo de nuestra raíz podremos sentir y palpitar como un solo corazón —predicaba Alí Alá a quien lo quería oír.

—Yo no estoy para poetas —era la respuesta de Narciso Pavón cuando le informaban que Alí Alá pedía una entrevista con él.

Pero, empeñado en predicar en el desierto, el hombre de la bata blanca y el tocado rojo no quitaba el dedo del renglón. Esa pasión lo asaltó cuando al salir del Teatro Municipal de León vio las gigantonas, los enanos cabezones, las yegüitas, los güegüenses y los machorratones que en una algarabía se unían al jubileo de los cien años de *Azul...* el cual se celebró por lo alto en la metrópoli. A los festejos llegó todo el Coro de Ángeles. El acto central consistió en una velada colegial en la que dos viejitos del asilo de ancianos bailaron el tango *A media luz*. Se representó un *sketch* con el tema de *Los motivos del lobo*. Desiderio sorprendió a la concurrencia cuando subió al escenario y se puso a declamar los versos juveniles del panida y concluyó su presentación con una furibunda filípica en contra de los poetas e intelectuales del país por no ser humildes como, según él, lo fue Rubén Darío.

—El parnaso en cuerpo se reía después a carcajadas por la ocurrencia de Desiderio —comentó Alí Alá en el Hongo Jack— y no faltó quien se preguntara si para alcanzar esa humildad, se debía comenzar por suponer que se tenía las manos de marqués, como proclamaba Darío, muy a despecho de su sangre nagrandana. Hasta hubo —se reía Alí Alá— quienes dijeron que pediría nueve musas para dejarlas encinta a todas.

—Usted no sea pendejo, poeta —le dijo Homero—, usted pida un rebaño de elefantes y un quiosco de malaquita.

—No, poeta, para qué quiere estar limpiando las cagadas de tantos paquidermos —le sugirió Pinedita—, confórmese con una gentil princesita que lo lleve a pasear a los parques del Señor.

—Sí, porque panteras engalonadas aquí hay suficientes —acotó, corrosiva, Apolonia.

—Pero aparte de que hayan celebrado a Darío con cursilerías —continuaba diciendo exaltado Alí Alá— y que yo me haya aburrido en aquel Maratón de Poesía, lo importante es que allí encontré la clave que podría unirnos a los nicaragüenses del Pacífico con los del Atlántico. ¡En una jornada cultural de arte y artesanía que debe culminar con un carnaval en el que se bailen las danzas de todo el país, sí señor! —exclamaba con énfasis el poeta—. Estoy seguro de que la idea le va a encantar al Coro de Ángeles. ¿Pero cómo hago para que me escuchen, coño? —terminaba diciendo entre dientes, mientras los otros se miraban de reojo.

Cuando salió de Brackman para participar en el Maratón de Poesía, le habían dicho que tendría la oportunidad de leer sus poemas en Ciudad Darío, ante un numeroso público, la prensa extranjera, los medios de comunicación masiva y, sobre todo, que sería oído por una pléyade de personalidades que de muchos países habían venido a celebrar el centenario de *Azul...* "A lo mejor de ahí sale la edición de mis *Poemas Atlánticos*", se decía en la intimidad el poeta.

—Estense atentos a la televisión —pidió a sus familiares y amigos antes de tomar el avión rumbo al Pacífico— que a lo mejor me ven junto a lo más granado de la literatura.

Pero el Maratón, que duró todo un día, comenzó con la lectura de composiciones testimoniales, ante la mirada atenta de señoras propiamente vestidas para pasar una *soirée* entre diplomáticos de guayaberas, ancianos con boinas vascas y militares de satinado verde olivo que cabeceaban complacidos y aplaudían cada composición que, indistintamente, el maestro de ceremonia llamaba "poemas revolucionarios".

Todo lo leído versaba sobre la insurrección popular cantada en las paredes de los pueblos, la guerra y la posibilidad de amarse bajo un bombardeo, la cola de caballo de una guerrillera, las veces que el amor fue hecho en las narices de un esbirro, o el desamor de un todopoderoso que ocupado en sus discursos y programas de gobierno se olvidaba de que la primera obligación de un cónyuge es avivar la hoguera en el lecho de su esposa. Alí Alá debió de oír ditirambos a las venas azulinas de una muchacha blanca que amaba los pies planos de su compañero, una epopeya en la montaña mágica, los polvos que a lo largo de su vida entera había echado uno de los más antiguos guerrilleros... En ese punto, el poeta del turbante rojo y de la bata blanca que ya llevaba varias horas bajo el sol canicular, dijo que se preguntó qué sería más difícil, si seguir las huellas de Sandino o los polvos y pisadas de algunos sandinistas.

Ésa fue también la parte del Maratón que se vio y oyó en las pantallas de televisión y la que transmitieron las estaciones de radio. Ésa fue la que admiraron los periodistas y los invitados extranjeros. Porque cuando comenzaron a leer sus obras los poetas que desarrollaban temas diferentes de los que entonces estaban de moda, las celebridades abandonaron la plaza y se marcharon a la capital, donde los esperaba una orgía gastronómica de iguanas y tortugas. Así que al final de la tarde, a la hora que le tocaba su turno a Alí Alá, frente a la tribuna, sólo quedaban los sorbeteros con sus campanillas cansadas, las vigoroneras que hacían las cuentas de su ganancia de la venta del chicharrón con yuca, los novios que cruzaban en bicicletas

61

la plaza haciendo zigzag delante de sus enamoradas de lazo en la cintura, los muchachos que corrían sorteando a los niños rotos que retozaban en los restos de cartón, papel y trapo de lo que había sido el Maratón. También quedaban bastantes borrachos tendidos sobre hojas de plátano y uno que otro matrimonio que había traído a sus pequeños a divertirse al compás de los sones de toros que los chicheros ejecutaban en la fiesta brava, que se celebraba para honor del exquisito poeta. Del espectáculo de las musas adormecidas en sus carrozas de cisnes, liras y diademas de papel de estaño, ya nada quedaba. A esa hora sólo se veía, besándose con su novio en un banco, a una de las "tres gracias", que vestidas con sus trajes de canéforas del Santo Entierro acompañaban anualmente a la musa en el fasto del aniversario del gran vate. Como en el antiguo régimen, se mantenía la costumbre de envolver señoritas en tela de satén blanco, dejarles descubierto un brazo, cruzarles una banda al pecho con un letrero de escarcha que dijera Musa Rubén Darío, y hacerlas recorrer las calles del pueblo, igual que reinas de feria, acompañadas por sus gracias vestidas de color rosa; pero ese desfile en esta época se realizaba temprano en la mañana y no al anochecer como en los tiempos en que las musas y sus gracias eran seleccionadas entre las hijas de las familias adeptas a la dinastía Somoza Debayle, que al final de la velada ofrecían un fino coctel en los salones de un club exclusivo.

Por pudor, Alí Alá se abstuvo finalmente de leer su obra ante el micrófono y frente a la plaza en harapos. Volvió a colocarse sus *Poemas Atlánticos* debajo del sobaco y se fue a sentar al microbús que esperaba a que los poetas de a pie salieran tambaleándose de la cantina La Miel de los Gorriones. Ahí, en la soledad de su asiento, él hizo la síntesis de la velada en León y del Maratón de Poesía en

Ciudad Darío. Se sintió profundamente desolado, pero su optimismo imbatible lo transportó a Brackman donde imaginaba a Nicaragua hermanándose consigo misma frente a la mar en calma.

—En ese instante también me di cuenta de que si la poesía está en el poder, como dice el Coro de Ángeles, los poetas estamos en la lona —repetía Alí Alá—. Pero allí mismo empecé mis cavilaciones sobre el gran carnaval del Kupia Kumi.

*Y vi a los siete ángeles que
estaban en pie ante Dios; y se
les dieron siete trompetas.*

Apocalipsis 8:2

Se rumoran cambios. El aparato político está rodeado por una invisible nube de asombro, de incertidumbre. Hoy es el día de los destinos. *Sí, pero vos podés ser clasificado como cuadro "A", hom, que quiere decir: A Europa en misión especial. A ocupar un asiento en la Asamblea. A acompañar al presidente en su gira internacional. A la embajada en París. A Naciones Unidas. Pero también podés alcanzar el grado "V". Ve, si seguís así te vamos a mandar a Wiwilí con los guardafronteras. Ve a Río San Juan por una temporada a evacuar a la gente de Laurel Galán. Ve, si no mejorás tu disciplina, te vas a quedar en Brackman. O, ve, vos estás fundido, necesitás un descanso psiquiátrico. Bueno, pero también está el escalafón para los que nunca alcanzan el estado de gracia. Esos son los "sé". Sé inmaculado. Sé humilde. Sé desprendido. Sé sencillo. Sé capaz de dar la vida por los demás y olvidarte de vos mismo. Sé como los héroes. Mirate en el espejo del Coro de Ángeles que combate la injusticia, practica la honestidad sin mácula, vive en la pobreza, no ambiciona riquezas, no recibe paga por sus proezas ni se ufana de ellas. Ser el hombre nuevo es ser como son Artero, Nabucodonosor, Desiderio, Lalo Chanel, Afrodisio y la Virgenza Fierro.*

¿De dónde sacará tanta babosada ese Pinedita?

El triunfo revolucionario sobre la dictadura confirió a los dirigentes de la insurrección un halo mítico: satánico para sus enemigos, sagrado para sus seguidores; de jodarria para los indiferentes.

Así, los líderes máximos comenzaron a ser llamados ángeles por unos y por otros. Nadie podría decir a ciencia cierta si el origen de tal denominación se hallaba en el cariño de sus multitudinarios simpatizantes, en el odio de sus cada vez más crecientes detractores o en el espíritu burlesco de los indiferentes. Lo cierto es que decir "ángel", en uno u otro sentido, era aludir a quienes detentaban el poder político de la revolución. Hasta los niños desenterraron de la infancia de sus padres los juegos referidos a los ángeles. Los ángeles del mal siempre eran derrotados por los ángeles del bien. En los días que siguieron a la borrachera de la victoria popular era muy común oír en los patios de las casas, en las escuelas durante el recreo, en las guarderías, en los callejones y en los parques, a las niñas que presidían el juego del Ángel de la Bola de Oro repetir:

—Tan-tan.

—¿Quén es?

—El Ángel de la Bola de Oro…

—¿Qué querés?

—Un listón…

—¿Qué color?

—…

Entonces el Ángel de la Bola de Oro solicitaba un color para su listón y otra niña le respondía que ése no porque era el de Artero; pedía otro y también se lo negaban porque pertenecía a Desiderio; y así sucesivamente a Afrodisio, a Virgenza, a Lalo Chanel o a Nabucodonsor. El juego terminaba cuando quedaba claro que no era posible para nadie alcanzar los atributos que distinguían a cada uno de los ángeles de carne y hueso cuyos rostros aparecían en los diarios, en el cine y la televisión y cuyas voces se oían a través de los radios y de los altoparlantes.

—Ellos son el Ángel de la Guarda de nuestro pueblo —decían quienes incondicionalmente se identificaban con los integrantes de la dirección revolucionaria; y lo decían convencidos de que aquellos no dormían ni de día ni de noche velando por el bienestar de todos.

Pero cuando dio inicio la desacralización, el manoseo de la palabra *ángel* fue tal que muy pocos la pronunciaban con respeto. Ya era muy común oír que les decían así en alusión a Los Ángeles Negros, nombre de un burdel famoso por las apuestas con dados cargados y por la desaparición misteriosa de sus clientes. También los asociaban con un mentado Malicia de Ángel que perdió los testículos y el pene por andar metiéndolos violentamente en terreno adverso.

Eso sí, en los templos no perdía su connotación satánica. La Iglesia que tronaba en contra de la revolución, muy pronto comenzó a comparar a los dirigentes con los ángeles del abismo, de manera que en los púlpitos de los curas contrarrevolucionarios las homilías invariablemente comenzaban con la cita bíblica: "Vi a un ángel que descendía del cielo, con la llave del abismo, y una gran cadena en la mano". Moros y cristianos interpretaban la seña; y a partir de ahí el predicador, hablando en parábolas, incitaba al desacato, al odio y la revancha.

Temiendo que el fanatismo religioso y el cachondeo irreverente se impusieran sobre el buen sentido, el gobierno tomó sus previsiones. Mandó publicar un decreto en el que se decía que recogiendo el sentir del pueblo humilde, se adoptaba el nombre de Coro de Ángeles para designar a la dirección máxima de la revolución. El edicto abundaba en los méritos de Artero, Desiderio, Virgenza Fierro,

Afrodisio, Lalo Chanel y Nabucodonosor. Explicaba que, como herederos de Sandino, ellos eran por derecho propio merecedores de pasar a la historia como el Coro de Ángeles, en recuerdo del nombre con que el General de Hombres Libres designaba a los aguerridos niños que, peleando en sus filas, hacían mearse de pánico a los yanquis. De manera que mientras ellos, muy seriamente, oficializaban el apodo, otros lo pronunciaban con odio, muchos con sorna y no pocos con extralimitado afecto, como aquellos a quienes Carlos Fonseca, el fundador del sandinismo contemporáneo, llamó poco antes de morir las bases cavernarias de la revolución, por su tendencia a moverse hacia donde soplara el viento de los fuertes; ellos por lo común ignoraban el ideario político de la revolución, engrosaron sus filas al paso de los vencedores y con su fanatismo, servilismo y arribismo favorecían el surgimiento de un liderazgo mesiánico, extraño a los ideales por los que habían dado la vida generaciones de héroes y mártires.

Luego de la legitimación de su nombre el Coro de Ángeles procedió a instalarse en La Casa de los Gavilanes, que pintara el artista Omar D'León en azules, turquesas, oros y violetas, cuyas sombras han albergado los espectros y cimientos de monstruosas dinastías.

Mientras continuaban los gritos llamando para los matutinos, de las barracas fueron saliendo las sombras de los soldados en la penumbra del alba. Venían balanceándose pesadamente, bostezaban, se pasaban el dorso de la mano contra los párpados. Tiritaban.

Sabían que los centinelas de la noche vengaban su desvelo llamándolos sin piedad a las cuatro de la mañana. Ellos también, durante sus turnos de la noche a la alborada, velaban el sueño de los demás, temblando de frío y esperando impacientes que fuera la hora de obligarlos a salir de sus literas para ir a hacer los ejercicios físicos a la intemperie. Durante las vigilias muy poco pasaba. Uno que otro soldado que salía afuera a descargar su intestino o simplemente a mear. Cuando había novedad, los centinelas vendían cara la noticia. *Dame la mitad de tu desayuno y te cuento l'última.* Eso, cuando la cosa era algo de poca monta, como una deserción; porque si se trataba de una mujer muy conocida en el pueblo, que el oficial del día mandaba a buscar para dormir con ella, el precio podía ser el desayuno y medio paquete de cigarrillos. Los precios variaban dependiendo de quién fuera la encargada de apagar el fuego en la cúpula del campamento. A veces se trataba de la esposa de algún grandote o de la novia de alguien que anduviera movilizado o de pase en su casa. El coronel prefería a las hijas de los ricos que todavía quedaban en Brackman, pero éste era otro secreto militar de alto riesgo y mayor precio. Cuando las madrugadas habían sido estériles, se oía decir en el comedor: *Nada nuevo trajo el barco,* con lo que se auguraba una jornada aburrida, sin rumores ni sensacionalismos.

Pero hoy los postas tenían carne fresca. Un centinela y un sargento habían sido sorprendidos por la ronda en actos deshonestos. *Dicen que tenía al sargento hasta los ijares.* Los acusados ya estaban detenidos. El teniente primero Abea había sido informado de los hechos inmediatamente. Ordenó su arresto y se les suspendería la alimentación hasta que se les dictara el castigo y se aclarara quién de los dos era el más culpable.

Aunque los jefes de pelotón trataban de acallar los murmullos y silbidos que produjo la noticia, ellos mismos no podían evitar la risa. Los ejercicios se hicieron con el rigor de siempre; pero fueron inevitables las bromas y las

71

alusiones al hallazgo de la madrugada. Cuando los soldados que debían flexionarse, durante los abdominales, se acomodaban en las rodillas de los compañeros que, tendidos en el suelo, les servían de asiento, eran burlados con insinuaciones que laceraban su virilidad. *Vení para acá papito, poneme tus nalguitas en estas dos rodillas, para que te sintás bien rico*. El instructor tenía que intervenir imponiendo orden, porque entonces los ofendidos se negaban a continuar el ejercicio. A la hora del baño, desnudos, dentro del riachuelo, ninguno se miraba frente a frente; y de vez en cuando se levantaba gran rechifla si alguno era sorprendido pasándole el jabón a otro. Los miembros de la brigada no fueron ajenos a estas bromas.

—Ajá, con que usando el mismo jaboncito —gritó Homero a Pinedita y Pancho.

—Y vos —repuso al instante Pinedita—, mirando de reojo para ver si agarrás tu cacho.

En general, el baño fue, como muy pocas veces, extremadamente rápido. La soldadesca salió del agua con rostros graves, a ponerse apresuradamente los pantalones.

La historia completa de los hechos nadie la sabía salvo los implicados y acaso sus descubridores. Unos acusaban al sargento de seducir al soldado; otros atribuían a éste la costumbre de espiar a los demás cuando orinaban. Se averiguó que se trataba del sargento Payán y de uno que le decían Guatuso, por el color café rojizo del pelo, como el del animal de caza llamado guatusa.

—¡Chocho, Pinedita! Ya estabas de mal pensado diciendo que era por otra cosa que la mula había salido en barajustada —dijo entre dientes Apolonia.

—No, hermanita, si el cuento de Pancho y la mula es viejo —porfió Pinedita.

—Ésos son típicos cuentos tuyos —repuso viéndolo con malicia.

—Te juro, Apo —insistió juntando el índice y el pulgar, como si fuera a persignarse Pinedita—, que ese maje no deja que nadie se acerque a la mula.

—Pues tiene razón. ¿Cómo le va a gustar que se la jineteen, si cuando está cansada nadie le saca paso? —dijo Apolonia.

—No, si su miedo no es sólo porque se la jineteen —se burló él—. Lo vieras con cuánto embeleso la acaricia cuando la está bañando en el río.

—Hombré, Pinedita —se irritó Apolonia—, él se la quitó a los contras y no fue jugando. Ya ves cuánto ha servido aquí, pero si ese animal se retienta no hay quien la haga andar; y Pancho no se va a echar la carga a tuto. Así que no jodan más al hombre.

—Yo no sé —dijo con sorna Pinedita—, pero dice Homero que si las cosas siguen por ese camino, él los va a tener que casar. Vieras en la noche a ese Pancho —fingió alarma—. Cuando la oye relinchar, se zumba del camarote porque le parece que otro se le lleva a la novia.

—Ya paren esas bromas —exigió Apolonia con firmeza—, que Pancho un día de tantos se va a encabronar y vas a ver la bronca.

—No, si lo mejor de todo —se hizo el desentendido Pinedita— es que la jodida bestia no deja que nadie más que él la monte.

—Bueno, pero hay que saber apartar las cosas serias de la jodarria —razonó ella—. Pancho estuvo en peligro de morir cuando la mula lo levantó con la patada. Ya ves, también esa pobre mujer quedó desquiciada.

—Sí… la Eudocia, anoche no pudimos hacerla entrar a dormir —comentó Pinedita con alivio por el giro de la

73

conversación, pero con voz apesadumbrada—. Ahí se quedó la pobre, en cuclillas, arrimada a la pared de la cocina esperando de nuevo el estruendo del SR 71 A.

—Claro —suspiró Apolonia—, si está traumatizada y dice que bajo techo no vuelve a meterse ni loca.

—¿Ni loca? —sonrió asombrado—. ¿Y es que piensa que se puede enloquecer más de lo que ya está?

—Jodido, sé serio, Pinedita —le reclamó Apolonia.

—Aytá, hom. ¿Estoy diciendo una broma…?

—No, pero hay que tener caridad con la pobre gente que es la que paga los platos rotos —replicó apesadumbrada Apolonia. Pinedita agachó la cabeza, guardó silencio y después de un rato dijo:

—Apolonia, ¿vos ya habías oído hablar del avión SR 71 A?

—Dejate de tecnicismos —le reclamó sonriendo ella—, decile Pájaro Negro como todo el mundo.

—Dale pues, pero pará de regañarme ya —suplicó él.

Apolonia no pudo evitar la risa por la mansedumbre y el gesto de víctima de Pinedita.

—Yo nada más sé que vuela a dos mil millas por hora y a sesenta mil pies de altura —dijo ella—. Pero, ¿para qué me preguntás a mí si vos sabés mejor que nadie todas esas cosas técnicas?

—Es que ese hijueputa avión vuela a la velocidad del sonido —exclamó él— y por eso hace tanto estrago, es invisible y dicen que nos mira hasta las ladillas —añadió provocando una nueva risa—. Si recorre tres mil trescientos ochenta kilómetros por hora, averiguame —preguntó— en cuántos segundos atraviesa este país de costa a costa.

—Ej, no me jodás —rio Apolonia poniendo fin a la conversación que parecía convertirse en un examen oral—, andá asignale esa regla de tres a otra.

Y en eso miro, desde esa ventana, desmadrarse las aguas, relinchar a la mula y volar de una patada a Pancho que la estaba bañando, alabado sea, me dije; cuando sentí aquel sobresalto por dentro y la enorme peña que se movió como si alguien la hubiera empujado; el gran poder, qué diablos es todo esto, yo vide que el río se me venía encima; pero lo que es, todo estaba bien verde en el suelo porque los palos habían botado las hojas; y ese Pancho siguiendo a la mula que corría desbocada guindo abajo, y qué iba a poder lazarla si hasta el viento se había puesto más bravo; la leña parecía atizada por un soplo grandote y las llamaradas enormes, que yo dije ahora sí todo esto va a arder, mi San Antoñito; mierda, esto es el mero demonio que se soltó como si ya juera la pura cuaresma; y aquellos chocoyos, hechos unos locos con la gran gritazón que armaron cuando desbandados volaban a la deriva en el mismo momento en que yo sentí aquella cosa, que si usté ha estado en algún terremoto sabrá lo que es que el suelo falsee y se sienta empujado ya sea para un lado como ya sea para el otro; lo que pasa es que aquello se siente por dentro, esas pobres gallinas eran un solo sofoco como si les hubiera dado murriña, apupujadas las pobres; y no me va creer que, pensándolo bien, todo ese zangoloteo dura una nada, pero es como ver al diablo por un hoyito; porque si uno está bajo techo las alfajillas traquetean, las tejas del zinc, bangán, suenan y las paredes se abren cra-crac; como si me estuvieran descoyuntando la rabadilla; si mi comadre Pantucha perdió una vaca porque se le adelantó el parto y el crío le quedó atravesado y no hubo remedio que le valiera a la pobrecita, había que oírla en una sola lamentazón allá en el potrero; no, si ese condenado que manda ese mentado Pájaro Negro no tiene perdón de

Dios, ojalá que las naciones del mundo le paren la mano al bandido.

Orestes llegó. La visera de la gorra le cae sobre la oreja derecha. Siempre con su aire distante, con un aura de misterio y de saberlo todo, guarda silencio. No responde de inmediato a las preguntas que lo acosan. *¿Cómo está Managua? ¿Qué tal la pasaste?* Él calla. Así deben comportarse los cuadros. A todos da la mano, sonríe e inclina la cabeza. Un beso en la mejilla a las muchachas. Titubea. Parece que sí, que ya va a contar algo; pero no. Prefiere interrogar. Es amable sin extralimitarse. Comedido, él. *¿Qué tal han estado ustedes? Imagino que bien.* Queda viendo a Pinedita con intriga. En su mirada hay un frío asombro. Dibuja una forzada sonrisa. No reacciona ante las bromas. Lo aburren los asuntos cotidianos. Él elabora propuestas. Redacta diagnósticos de la realidad política y social. Alterna con los poderosos miembros del Coro de Ángeles. Él no vino con los del montón. No forma parte de la brigada. Lo consultan. Un cuadro que goza de la confianza del inalcanzable Coro de Ángeles, él; a quien trajo Afrodisio.

La cosa no es así de chiche como me la pintó el coronel. Las radios de Honduras han estado diciendo que la evacuación de los miskitos fue dirigida por los cubanos. Yo tengo que escribir que no sacamos a la gente por la fuerza, que es mentira que se haya atropellado personalmente a alguien. A mí me parece que a él le interesa más un reportaje de los hechos. Ajá, ¿y si han pasado cosas que yo no he sabido? Pero va a ser Mendiola el que me dé la línea. Que mejor lo pongan a escribir a él. Como siempre, uno escribe y otro firma tu escrito. *Ésa es una prueba de humildad, hom.* Me va a pasar las de Homero, que escribía ensayos sobre organización y propaganda y, una vez que los aprobaba el Coro de Ángeles, aparecían publicados bajo el nombre de uno de sus miembros. Total que me seleccionan a mí, pero es otro el que me va a decir cómo hacerlo. Va estar jodido el asunto, porque ya me imagino que van a querer que ponga sólo lo que a ellos les dé la gana. Afuera, en el exterior, dicen que nos robamos el ganado, ¿qué tal si se supiera que hemos arrasado con todas las reses y que nadie aprovechó la carne? La zopilotera en picada manchaba el cielo bajando a hartarse las vacas muertas en medio de columnas de humo de la atmósfera intranquila. Me van a decir esto sí, esto no. Ponele aquí, quitale allá. Si Virgenza Fierro descubre que lo mío se contradice con la versión oficial, adiós mis flores, se manda a censurar; y si no lo aprueba Nabucodonosor, no hay de piña, se prohíbe su publicación. *La guardia lee como quiere, hom.* Qué lindo, mientras los otros se van regresando con la población, yo tengo que seguir soplando la tuba en la caminata. Este hijueputa mensaje me lo dieron para hacerme caminar hasta el culo del mundo. ¿Por qué no lo mandaron por helicóptero si su contenido es tan urgente y delicado? Piensan que me voy a echar para atrás por cansancio. *Mentiroso, hom.* Por eso inventaron la tal memoria. Lo raro es que se les ocurre hacer este asunto cuando ya la operación va por la mitad. Si fuera un reportaje lo que quisieran, se lo habrían encargado a uno de los periodistas de confianza de los que ya están aquí. No me jodan, si viéndolo bien son más de sesenta kilómetros de selva los que me voy a tirar a pie. ¿No será que se está preparando algún informe para los Derechos Humanos? Sesenta kilómetros de ida y sesenta kilómetros de vuelta. La Apolonia coordina el equipo que redacta los guiones radiales para que esa gente regrese de

Honduras. Yo sí que me saqué el gordo de la lotería. Pero tampoco estos indios son tan santitos como parecen. Es que a dos puyas no hay toro valiente. Nosotros por un lado y la Contra por el otro. Lo más probable es que no los dejen salir de Honduras. ¡Qué cagada! ¿Y ese cachimbo de gente que están dando por muerta a manos de nosotros? No, si hasta están diciendo que en Leimus hay un campo de concentración; pero lo que no se puede negar es el cierre y destrucción del hospital moravo en Bilwaskarma. Puta, no se sabe qué creer. Las agencias de noticias volándonos reata en el mundo entero y aquí adentro nosotros metiendo la pata. El ejército no puede tapar el sol con un dedo. Campo de descanso es lo que yo vi en Leimus. ¿O será que las familias que duermen debajo de los tambos de las casas están prisioneras? Un campo de concentración… si allí no hay alambradas… pero todo está militarizado. No pueden ser prisioneros, si a mí me dijo la Juana de Arco que estaban allí esperando que los trasladen a *Tasba Pri*: "tierra libre". Pero si me atengo también a lo que dice la Juana de Arco, no llego a ninguna parte; ésa se traga el atol que le dan con el dedo. *Tasba Pri*, donde no están sus muertos, sus cementerios; lejos de sus ancestros, donde ninguno de ellos ha dejado su ombligo. *Tasba Pri*. Una reserva de indios. Tierra Libre. No es lo mismo verla venir que platicar con ella. A lo mejor esos diez mil se fueron por su propia voluntad para Honduras. Arriado nadie sale con gusto ni siquiera del hambre. ¿Y si las cosas fueran al revés, si los miskitos estuvieran sacando a nuestra gente allá en el Pacífico? ¿Nos íbamos a quedar con los brazos cruzados? Pensamos que son pendejos, que nos obedecen porque con una palabra que les decimos se les revela el Espíritu Santo. ¡Cuándo se van a pasar de nuestro lado si en el otro están sus hombres! Sus hijos, sus padres, sus hermanos. Sus hombres. Al primer descuido se van a juntar. Pero como no dicen nada y si hablan no se les entiende no se les entiende... entiende... tiende... ende...

Digna y Homero esperaban, en las afueras de Brackman, el camión para regresar a Kambla. Del mismo cigarrillo fumaban los dos. El camión pasaría a las ocho de la noche y apenas eran las seis. Se tendieron en el monte a platicar. Digna se quejaba de los compañeros que siempre se mofan de los dirigentes.

—Ya ves a ese Laborío que se la pasa imitando los ademanes y las voces de los compañeros del Coro de Ángeles.

—A toda la gente le da mucha risa, ¿a vos no? —repuso Homero.

—Que se ría de otros sí, pero no de los compañeros que son miembros del Coro de Ángeles —respondió Digna.

—Pues si el chiste está en reírse de los poderosos —Homero contemplaba boca arriba el cielo y hablaba con desgano; en cambio Digna estaba inquieta y le imprimía mucha vehemencia a sus palabras.

—Ni un momento —repuso ella—. Si permitimos el vulgareo, damos pie a que la reacción diga lo que se le antoje de nuestros dirigentes y eso sí que no puede ser.

—No seas más papista que el Papa —bostezó Homero—. Te aseguro que Lalo Chanel, Nabucodonosor y Artero se afligirían si nadie hablara de ellos.

Digna se puso de pie, se quitó las horquillas del cabello y las sostuvo entre sus labios. Se hizo una cola de caballo que enrolló en una moña arriba de la cabeza.

—Bueno, que hable el enemigo, ni modo —comentó entre dientes mientras se prensaba el pelo—; pero no está bien que nosotros devoremos a nuestros propios jefes.

—Por favor —replicó él—, si entre los mismos miembros del Coro de Ángles se vuelan verga unos a otros. Ahí viste a Afrodisio burlándose de Desiderio, porque no deja imprimir el periódico hasta que él personalmente lo revisa en la noche.

—Claro, es que no puede permitir ninguna desviación —repuso ella.

—No hermana, si lo hace es para controlar que ninguno de los otros dirigentes tenga mayor proyección que él.

—Y es correcto. ¿Acaso él no es el jefe de la revolución? —dijo Digna.

—Convencete —porfió Homero—, todos ellos se devoran entre sí por cuotas de poder. Actúan como buitres.

—Y vos como vitriolo —replicó bruscamente ella.

—Digna, Digna —se sonrió, la vio de reojo, inhaló otro sorbo del cigarrillo que chisporroteaba en la escasa luz del crepúsculo y se hizo el dormido.

Desde temprano el movimiento en el comité cambió de ritmo. Los correcorre preparando la llegada de Afrodisio. Los informes de última hora. La sala de conferencias esmeradamente limpia. Ceniceros, flores, picheles de vidrio con agua. Cafeteras, tazas y servilletas alquiladas. Todo el ir y venir cotidiano detenido dentro del paréntesis que significaba la venida de un miembro del Coro de Ángeles. Almuerzo en el comité con los principales dirigentes de las organizaciones de masas. Visita a la camaronera. Asamblea con los dirigentes de los pobladores. Después una cena en el Copacabana, para terminar bailando en el Hongo Jack. Narciso Pavón está de pláceme, conversa con todos, ríe, saluda a los que encuentra a su paso. Orestes permanece retirado, bien lejos del ceremonial. En el helicóptero en que vino Afrodisio, también viajó Fara Penón.

—Homero, trabajá con el poeta Alí Alá en la elaboración de la propuesta del festival que tiene en mente —le ordenó Afrodisio a Homero al salir de una breve reunión con el poeta y Apolonia. Apolonia introdujo a Alí Alá ante la presencia de Afrodisio y aquél le expuso a grandes rasgos su proyecto. Inmediatamente Afrodisio le respondió que su visión era correcta, que después del traumatismo sufrido por el desalojo forzoso, lo mejor era crear los canales necesarios para que la población miskita volcara sus sentimientos y aspiraciones. Le dijo que para no ahondar en el separatismo consideraba incuestionable su idea de hacerlo como un todo.

—Las expresiones culturales de una y otra región fluyendo paralelas… —dijo pensativo y con los ojos centelleantes Afrodisio.

—¡Bombeadas por un mismo corazón! —puntualizó exaltado el poeta—. Por eso propongo que esta vaina se llame ¡*Kupia Kumi*!, que quiere decir, en miskito, "un mismo corazón". Pero aquí —agregó cabizbajo Alí Alá y disminuyendo su exaltación— Narciso Pavón ni siquiera ha querido recibirme.

—Yo voy a hablar ahora mismo con él. Usted trabaje con Homero elaborando la propuesta, Homero tiene experiencia en eso; y preséntenle el proyecto a Narciso para que él me lo haga llegar a mí. Cuente con todo el apoyo del Coro de Ángeles —le dijo Afrodisio—. En esto hay que echarla toda —siguió diciendo, pero ahora se dirigía a Apolonia— ustedes deben meterse de lleno para que todo salga bien; pues en efecto, hay que pensar en que tenga repercusiones internacionales y para eso voy a pedir que se invite a los famosos del mundo que son amigos de la revolución —Apolonia asintió complacida.

Con la idea del poeta acogida por Afrodisio, se le torcía un poco el brazo a Narciso Pavón quien, aunque celebraba sus recientes éxitos dentro del aparato partidario, había quedado evidenciado ante Afrodisio como un miope, soberbio y sordo, incapaz de prestar atención a los otros. La pequeña derrota infligida a Narciso causaba no poco regocijo a aquellos que, dentro de la brigada, adversaban al poderoso secretario político de la región.

En el sucio y ruinoso espacio atiborrado de mesas y sillas dispuestas alrededor del círculo que funcionaba como pista de baile, la presencia de Fara Penón atraía la curiosidad de los pocos clientes, que a esas horas de la tarde bebían con desgano. Vestía una falda estampada de colores muy vivos que le caía hasta debajo del tobillo. Iba envuelta en un chal que dejaba descubierta la tira bordada de las mangas. En las muñecas de sus manos se acumulaba un manojo de brazaletes de oro. Un solitario resplandecía en uno de sus afilados dedos. También las arracadas que pendían con fulgor de los lóbulos de sus orejas. Se ceñía el cuello con un sofocante de terciopelo negro en cuyo centro un broche de rubí y chispas de diamante ardían. Fara Penón había regresado al país con un cargamento de aparatos cinematográficos y un equipo integrado por dos norteamericanos que portaban sendos peinados de estilo punk. Aprovechaba las giras de los miembros del Coro de Ángeles para hacer filmaciones de la película que comenzara a realizar pocos meses después de que la revolución llegó al poder. Ahora viajaba en la comitiva de Afrodisio, y mientras él asistía a sus reuniones con los militares ella aprovechó para ir con sus equipos a hacer algunas tomas a las aldeas cercanas. Al final del día decidió ir a esperar a Afrodisio y al resto de la comitiva en el Hongo Jack.

Fara Penón, según consignaba la Liebre Zepeda, comentarista de cine y cronista internacional de *El Zaguán*, cuando no estaba en Cannes era porque se estaba entrevistando con Donald Trump en New York City, ofrecía sus múltiples conexiones internacionales para que la gente influyente detuviera la mano de Ronald Reagan contra Nicaragua, planeaba comidas con el príncipe Rainerio de Mónaco, a beneficio de la Cruz Roja local, inspiraba la filosofía de la moda que Carolina Herrera difundía, y que tan militantemente había hecho suya la misma Jackie Kennedy.

Fara Penón aparecía y desaparecía del paisaje nacional con nuevos y variados proyectos, pero nunca abandonaba su película. Siempre que llegaba al país, escribía sobre ella o la entrevistaba la Liebre Zepeda; aunque ya no era noticia de primera plana, como cuando anduvo en enredos amorosos con el Aga Khan, príncipe de Sadruddin quien, por su causa, debió enfrentar una demanda de divorcio de la primera esposa, lo que casi le cuesta la Gran Cruz de la Orden de San Silvestre que en 1963 le otorgara el Papa, poco antes de su nombramiento como Alto Comisionado de las Naciones Unidas para los Refugiados. De vez en cuando, los *paparazzi* sorprendían a Fara Penón en los alrededores del Château de Bellerive donde vive el Aga Khan, en Suiza, y entonces *Vanidades* especulaba en torno a aquel viejo y tórrido romance y la posibilidad de la Penón de hacerlo resurgir como el Ave Fénix.

Digna y Homero se habían quedado en silencio después de sus mutuos sarcasmos. Él sacó otro Alas y lo encendió. Ella lo observó detenidamente y le preguntó con mansedumbre:

—¿No me vas a dar a mí?

—Es el último. ¿Querés fumarlo a medias?

—¡Claro!

Él acercó la mano para entregarle el cigarrillo. Ella, a la luz del plenilunio, lo miró a los ojos sin ningún reproche. Homero le sonrió. Digna inhaló profundamente y le regresó la colilla con una brasa muy grande. Él le tomó la mano, la retuvo con la suya y, mostrándole el cigarrillo, le dijo:

—Así como este Alas está ardiendo mi tizón.

—¿De veras, y dónde lo apagamos?

—Donde vos querrás, Dignita.

—Pero puede venir alguien...

—No te preocupés, que en la noche los gatos son pardos.

Él tenía una mano dentro de la camisa de Digna y apretaba los senos sólidos, levantados sin necesidad de sostén, sólo por la fuerza del deseo. Ella metió sus dedos en el pantalón de Homero y se encontró con un miembro erguido que asomaba la cabeza entre el ombligo y la pretina ceñida por el cinturón. Digna lo acarició y después se rozó los labios con los dedos. Se abrazaron y rodaron hundiéndose en el pasto. Las ranas desde el riachuelo croaron sin parar y mil luciérnagas intermitentes se encendieron en la noche.

—¿Entonces, ustedes son los dos traviesos?

El oficial había aparecido de pronto en el vano del despacho desprovisto de ventilación. Una bujía iluminaba pobremente la estancia. Minutos antes, habían sido llevados allí el sargento Payán y el Guatuso que debieron caminar frente al pelotón formado en posición de descanso. Su trayecto fue acompañado por las notas tarareadas de la marcha nupcial del *Sueño de una noche de verano*, de Mendelssohn. *Taararararán, taararararán*. Iban cabizbajos. Uno, a pocos pasos del otro. Caminaban arrastrando los pies con la camisa salida. Estaban muy lejos del porte y aspecto que observaban los soldados en la formación. El Guatuso y el sargento Payán lucían desvelados. Habían permanecido más de cinco horas restrictos, el Guatuso en la dirección política, el sargento Payán en el depósito. *Hey, espósenlos en pareja, como a dos pajaritos.* Chiflidos. La marcha fue lenta, al paso tardo de un custodio cojo que los precedía. Ruidosos besos desde las escuadras. *Que levante la mano la novia. Taarararán, taarararán.* Cada burla era como una bala disparada contra el Guatuso, cuyos hombros se estremecían sacudidos por un tic violento. *Renco, apurate, cuidado te caen encima.* El sargento Payán, de tanto en tanto, tiraba de la visera, como si quisiera que la gorra le cubriera hasta los pies. La grita no cesó ni aun después de que ya habían atravesado el umbral. *Hey, que se aligere el teniente primero, si no esos dos van a echar otro polvo en la sala de guardia.* Dentro del cuarto, fueron puestos viendo a la pared, mientras un posta vigilaba desde la puerta para que no se cruzaran miradas.

—¿Qué tiene que decir, sargento? —no hubo respuesta a las palabras del teniente primero—. Usté —continuó— mejor que nadie sabe que en el ejército esas cosas están prohibidas y se sancionan muy fuerte.

—Si no estábamos haciendo nada —balbuceó el sargento Payán.

—Pero el informe que a mí me pasaron dice otra cosa —repuso el oficial—. ¿Usted, soldado, sabe lo que le espera?

—No, teniente primero —respondió el Guatuso.

—Pues aquí no se permiten cochones, compañero —el teniente primero Abea se paseaba por la pieza—. Ya ven ustedes el relajo y la indisciplina que se ha armado desde que se supo que ustedes fueron hallados haciendo cosas

85

que no son de hombres. El reglamento militar es muy estricto. Un soldado y un oficial se deben respeto...

—Perdone, teniente primero —interrumpió el Guatuso.

—Hable, soldado —dijo el oficial.

—Yo estaba de guardia cuando vi pasar una sombra en dirección a la burra de monte que está despuesito del campo de bravura —el Guatuso hablaba sereno, sin más titubeos—. Me fui quedito para ver quién era y en un claro vi a alguien que estaba parado, como si meara.

"—¡Quién vive! —le dije.

"—¡Sandino! —me respondió la voz en el matorral. Entonces me acerqué y reconocí al sargento.

"—¿Sin sueño? —le pregunté.

"—No, aquí desaguando el tanque y serenando a la palomita —me respondió el sargento. Entonces yo también me puse a hacer aguas, pues como dice el dicho: Paloma española no orina sola."

El teniente primero Abea no pudo contener una breve sonrisa, que inevitablemente le suavizó por un segundo su duro semblante. Sin interrumpirse, el Guatuso siguió hablando:

—El sargento Payán encendió un cigarrillo. Me ofreció uno y nos pusimos a platicar, mientras fumábamos.

—¿Y de qué platicaban, soldado? —inquirió el oficial.

—Pues puras chochadas, jefe. Que cuánto teníamos de no ir a la casa. El sargento me dijo que hacía más de seis meses que no probaba mujer.

—¿Y a qué distancia de usted se hallaba el sargento Payán?

—Pues a como le iba diciendo, él estaba juntito de mí.

—¿Y quién se la agarró primero a quién? —el teniente primero Abea puso la vista en el suelo.

—No, jefe —intervino el sargento Payán—, no es cierto que nos estuviéramos manoseando.

—Pero el informe que yo tengo dice otra cosa —repuso el oficial mirando fijamente al sargento.

—Ese informe lo hizo el subteniente Maradiaga, para perjudicarme —balbuceó Payán—. Son viejas rencillas.

—Llámelo aquí para que diga todo eso frente a nosotros. Caréenos si usted quiere —suplicó el Guatuso.

—No, eso no es posible —el teniente primero tomó asiento—. No puedo poner en remojo la versión de un oficial. Máxime que el subteniente Maradiaga es un militante del partido.

—Yo también soy miembro de un comité de base del partido, jefe —replicó el sargento Payán, con una chispa en los ojos, como si en su hundimiento hubiera encontrado en las aguas que lo anegaban una fuerte raíz de la cual agarrarse.

El teniente primero Abea se frotó la mejilla y después de doblar cuidadosamente el informe que había estado sosteniendo en las manos, lo puso en el bolsillo de su camisa y se levantó. Se encaminó hacia la puerta y antes de desaparecer de la vista de los dos acusados, giró la cabeza.

—No puedo poner en duda la palabra de un oficial que es militante del partido —dijo tajantemente.

El Guatuso se arrimó a la pared y se resbaló untado a ella hasta quedar en cuclillas en el suelo.

—¿Y ahora qué nos va a pasar? —murmuró.

—Lo más seguro es que nos caigan seis meses —el sargento Payán hablaba como en soliloquio— y nos transfieran a la mierda grande; aunque a mí pudieran darme la baja deshonrosa.

El Guatuso guardó silencio y se quedó pensativo. Si Payán que era miembro del partido y además sargento no tenía ningún respaldo, qué menos él, cuyo número y nombre apenas eran conocidos en la Junta de Reclutamiento de su barrio a donde había ido a presentarse como voluntario y por lo cual ahora estaba aquí metido en un berenjenal del que no tenía idea cómo iba a salir.

—¿Qué podemos hacer? —preguntó al cabo de un rato.

—Nada más que esperar —respondió el sargento.

El Guatuso calló de nuevo, bajó la cabeza y se quedó inclinado.

—¡Esta mierda es injusta! —dijo enfurecido después de mucho cavilar; y estrelló los puños contra el suelo.


—Son puras fantasías de ella— dijo Virgenza Fierro mientras se asoleaba en la terraza del Copacabana.

—¿Cómo puede ser? Si a veces aparece en *Vanidades* fotografiada con la gente del *jet set* —repuso Juana de Arco desenrollándose la toalla y quedando en tanga.

—Bueno, te cuento que cuando Desiderio fue a la ONU, ella dijo que si la incluíamos en la comitiva oficial nos conseguiría una entrevista con el secretario de Estado de Estados Unidos —Virgenza se daba aire con un abanico de maja española.

—¿Y la consiguió, compañera? — Juana de Arco, distraída, se untaba aceite de coco en las piernas.

—No, niña— mantenía los ojos cerrados Virgenza—, si no somos tan ingenuos como para creer que lo que no han conseguido las Naciones Unidas lo pueda conseguir una vedette jubilada.

—¿Entonces, no se unió a la comitiva presidencial? —se tendió en la tumbona Juana de Arco.

—Claro que no, si lo que ella quería era colarse en el banquete que nos ofrecían Kris Kristofferson y Julie

Christie —Virgenza se dio vuelta, se acomodó y quedó con la espalda hacia arriba.

—¿Para codearse con las estrellas de Hollywood? —levantó la cabeza Juana.

—¡Claro…! —exclamó con hastío Virgenza.

—¿De modo que la película que está filmando es pura bulla? —ladeada, Juana de Arco se acodó en la tumbona y apoyó la cabeza sobre una mano.

—Siempre tiene un pero para no terminarla —suspiró Virgenza—. Lo que pasa es que con ese pretexto va y viene para hacer creer en el extranjero que ella es influyente aquí en Nicaragua y así conseguir plata —tiró las sandalias y se puso de pie—. Desiderio ya no la recibe, porque se dio cuenta de que en el extranjero nadie le hace caso.

—¿O sea que no es políticamente rentable? —se sentó Juana de Arco.

—Ay, Juanita, de ninguna manera; ella no es más que una vividora —enrolló su cabello y lo metió debajo de una gorra de hule.

—¿Y por qué viaja en la comitiva con Afrodisio? —también se quitó las sandalias Juana.

—Ya vos sabés que él, además de extravagante, es perverso —rio Virgenza y bajó la voz como si fuera a decir una confidencia—. Le hace creer a la pobrecita que nosotros estamos ilusionados esperando que su producción cinematográfica gane el Oscar.

—Hum, ¿no será que también ya le echó el ojo para llevársela a la cama? —preguntó Juana animada por el grado de confianza que le demostraba Virgenza.

—Es posible —repuso ésta invitando con una seña a Juana para salir a la playa—, pero acordate que a ese pícaro sólo le gustan las burguesitas tiernas —añadió—. Es tan malo —volvió a sonreír— que dice que su mamá le enseñó a tener piedad con las ancianas y que por eso respeta mucho a la Fara Penón —las dos mujeres se carcajearon y corrieron sobre la arena caliente.

—¡Pues a lo mejor, por piedad, ya la hizo pasar una noche buena…! —gritó Juana de Arco dejándose llevar por la ola que la arrastraba.

—¿Así que esta guerra es imparable? —Pancho bebió un sorbo de su botella de cerveza.

—Eso es lo que pintan todas las señales —le respondió Apolonia a voz en cuello para hacerse oír en el bullicio.

—Es que la voladura de los depósitos de combustible en el Puerto de Corinto, los sistemáticos ataques a los pueblos fronterizos con Costa Rica y el movimiento de tropas en Honduras, y ahora los vuelos de reconocimiento del Pájaro Negro —predicó a gritos Orestes— nos obligan a pensar que el objetivo es destruir la revolución.

Orestes, no obstante su natural retraimiento y su proximidad al Coro de Ángeles, prefería alternar socialmente con los miembros de la brigada; aunque nunca llegaba a intimar con nadie. Fuera del trabajo, nunca se le veía junto a Narciso Pavón o al coronel Olinto Pulido.

—Agregale a eso las cagadas nuestras —espetó a toda voz Homero, dirigiéndose a Pancho y olvidándose por un momento de hacer coro a Pinedita y a Fara que bailaban en la pista— y vas a ver —añadió— qué coctel más explosivo el que te va a salir.

—Tratan de estrangularnos por los cuatro costados —Apolonia no había prestado atención a las palabras de Homero. Las miradas estaban puestas en Fara Penón.

*¡Ma-ya-ya las'im ki!*

—Como explicó Afrodisio —volvió a gritar Orestes sosteniendo su vaso con hielo a la altura del hombro—

pretenden desgastarnos. No se trata de una guerra en la que Estados Unidos van a intervenir directamente.

*¡Ma-ya-ya oh!,* coreaban las voces en torno a la pista.

—¿O sea —preguntó Pancho sin ningún interés— que los gringos van a financiar a la Contra para que nos acose, mientras ellos mantienen el bloqueo?

La música de Palo de Mayo retumbaba en el salón.

—Exacto, lo que quieren es extenuarnos mediante el embargo económico. Obligarnos a mantenernos a la defensiva hasta que el país colapse —Orestes hizo una pausa, encendió un cigarrillo y esbozó una sonrisa—, dice Afrodisio que Reagan resultó ser el mejor discípulo de Sun Tzu.

—¿De quién? —preguntó Boscán, que recién había llegado del asentamiento miskito de Bismona, donde fungía como delegado político.

—De un filósofo taoísta —repuso Orestes haciendo bocina—, que recomienda, para ganar una guerra sin combatir, obligar al adversario a sacar los fierros y los hombres al campo de batalla.

El Hongo Jack crujía: *¡Ma-ya-ya rub…!*

—Vaya, lo que faltaba —se rascó la cabeza Boscán—, que Reagan se volviera maoista.

—No, loco —repuso Inés del Monte haciéndose oír en medio de las risas que provocó el comentario de Boscán—. ¡Ta-o-ís-ta! Sun Tzu nada tiene que ver con Mao.

—Bueno, ay perdonen mi brutalidad —repuso Boscán con falso acento de campesino—, lo que pasa es que yo no soy tan leido.

*¡Ma-ya-ya oh!,* cantaban en las otras mesas.

—Entonces, ¿el planteamiento del ejército de que la Contra está derrotada estratégicamente, no suena un poco hueco? —preguntó Pancho sin desatender el movimiento de cintura y nalgas de Fara Penón.

—Mientras los yanquis paguen la cuenta, la Contra no va a dejar de hostigar —Homero sacó un cigarrillo.

El contoneo de Fara Penón remolinaba el aire en un torbellino, *¡Gi mi di ki...!,* que se acoplaba con el que debajo de ella, bailando horizontalmente, hacía Pinedita.

—Y mientras más compruebe la gente —continuó Homero— lo hueco de nuestro discurso, más solos nos vamos a ir quedando.

—Hay que hacer énfasis en lo injusto de la agresión —replicó Orestes— para que la comunidad internacional detenga la mano de Estados Unidos.

—No sé, yo puedo parecer cabrón —dijo Pancho— pero a mí me huele que la guerra se volvió un negocio para muchos grandotes.

—Ah, no hom. Sobre todo para la cúpula de la Contra que es la que mama la teta del yanqui —repuso Homero—; y para los empoderados que por aquí se sirven con cuchara grande —agregó apuntando para donde estaba la mesa principal.

—Acordate que a vos te vieron dándole unos pocos centavos a los miskitos a cambio de las guacamayas —lo acusó bruscamente Buenaventura.

—Aquí lo que interesa —gritó Orestes— es que actuemos bajo una misma dirección y olvidemos los señalamientos infundados.

*¡Ma-ya-ya oh!* Seguían bailando Fara y Pinedita.

*¡Ma-ya-ya oh!* Les hacían rueda. Coreaban.

*¡Ma-ya-ya oh! Ma-ya-ya las sim ki...!*

—Pero más peligrosa que el Pájaro Negro y que los ataques a mansalva de la Contra es la voracidad de tantas aves de rapiña disfrazadas de mansas palomas, que circundan por aquí —elevó la voz, fulminó a Buenaventura, Inés del Monte.

Fara Penón parecía transportada. Bramaba, ella. *¡Ma-ya-ya gan Managua!* Pinedita imprimía cada vez más fuerza a sus movimientos de abajo hacia arriba. *¡Ma-ya-ya oh!* Como si quisiera alcanzar un punto específico del cuerpo de ella. Pinedita acompañaba el ritmo moviendo sus labios con lujuria, *¡Open di door! ¡Ma-ya-ya oh!* Pinedita rugía y Fara Penón parecía responderle: *¡Ma-ya-ya oh!*

—Los cuervos —comentó Homero mirando con rencor a Buenaventura— nos van a sacar los ojos.

Alí Alá y Homero habían trabajado arduamente desde el momento en que Afrodisio les orientó redactar la propuesta del Kupia Kumi. Se entrevistaron con los delegados de los ministerios de economía y agricultura, fueron a la oficina de abastecimientos, visitaron las organizaciones campesinas, hablaron con los sindicatos y trabajaron con oficiales del Estado Mayor en la región. Su plan contemplaba todas las áreas de la vida económica y política. Redactaron los objetivos y contenidos de manera que la movilización fuera en torno a la defensa y producción, teniendo como soporte ideológico la unidad de la nación, expresada en las manifestaciones artísticas y culturales con que culminaría la jornada, como ellos llamaban al periodo que comprendería el Kupia Kumi.

—Aquí vienen los jornaderos —se burló Digna, hombruna como un pistolero, con los pantalones caídos y la camisa arremangada hasta los codos, precediendo a Homero y al poeta Alí Alá, cuando ellos llegaron ante el comité a fin de exponer el proyecto de la Jornada Kupia Kumi.

Después de oír a los expositores, Narciso preguntó a los miembros del comité si tenían algún comentario.

—Yo, anoche, leí el plan detenidamente —dijo Orestes— y me parece completo e inobjetable. Sugiero que lo hagamos llegar al Coro de Ángeles sin dilación.

93

Los demás asintieron y Narciso Pavón pidió a Homero y al poeta que abandonaran la sala de conferencias, porque el comité tenía otros asuntos que tratar.

Junto a Fara Penón estaban Boscán y Pinedita. Los dos acompañantes de Fara que llevaban peinado punk se habían ido a recorrer la playa. Fara parecía liberada de su habitual retraimiento. Había bebido mucha cerveza. El contacto con la naturaleza y el encuentro con tanta gente sencilla, ajena a sus propósitos, le habían permitido distenderse. Disfrutaba de la vieja música del Hongo Jack.

—Muchachos, quiero ir a damas.

—¿A dónde? —preguntó sorprendido Boscán.

—A mear, hom… —le aclaró Pinedita acercándosele al oído.

—Necesito ir al servicio higiénico —insistió Fara.

—Donde nosotros vamos no tiene nada de higiénico —dijo Boscán sin dirigirse a nadie.

—No, si lo mejor es que como aquí somos machistas, las mujeres no tienen derecho a orinar —comentó Pinedita.

—¿Cómo es eso, explíquenme? —Fara Penón estaba asustada y se apretaba la vejiga.

—No le haga caso a este loco —respondió Boscán—, lo que pasa es que aquí no hay servicio higiénico para mujeres.

—Pero yo me estoy reventando —el ruido sedoso de sus medias iba en aumento en la medida en que se frotaba, con mayor intensidad, una pierna con la otra.

—Lo único que puede hacer aquí es ir a la playa —le dijo Boscán.

—No, no llego a tiempo, yo no puedo contenerme más —se puso de pie Fara Penón.

—La vaina —intervino Pinedita— es que nosotros meamos en la parte del fondo, al aire libre, contra una pared y sobre unas tablas para no enlodarnos.

—Ni modo, allí voy a tener que ir —dijo dando saltitos.

—Pero va a tener que hacerlo parada, porque el lugar está hecho una porquería —le recomendó Boscán.

—Pues por favor, acompáñenme; que no estoy para pedir gusto —se apuró Fara.

En el patio, después de que le señalaron el recodo donde las tablas negras flotaban sobre un lodazal, Fara Penón, dando brincos en zigzag, desapareció detrás de un montón de cajillas de cerveza. Pinedita y Boscán se colocaron vigilantes en un punto hasta donde llegaba la vaharada que se alzaba del meadero. Cuidaban que nadie se acercara al sitio. Cuando ella hubo terminado, caminó en puntillas sobre las tablas que se bamboleaban a su paso. Con las manos, se recogía la falda dejando descubiertas sus medias blancas de seda pringadas de orina y barro. Una vez que se unió a ellos, suspiró muy hondo. Vio extasiada los reflejos del crepúsculo que se demoraban sobre el verdor del mar. Se colgó del brazo de Pinedita y despidió todo el aire que contenían sus pulmones.

—¡Los sacrificios que tenemos que hacer por la revolución! —suspiró con sentimiento de entrega a la causa de la libertad.

Olinto Pulido se había unido al proceso revolucionario desde que era un estudiante de la escuela secundaria, participó en el movimiento estudiantil de la universidad, viajó a los países socialistas y luego estuvo muchos años en la guerrilla de la montaña. De origen muy humilde, siempre destacó por su ilimitada entrega a la causa. Abandonó sus estudios y no tuvo otro norte que la lucha. En la ofensiva final contra la dictadura, dirigió uno de los frentes que entraron victoriosos a la capital después de dos meses de feroces combates en el nororiente del país. Inmediatamente después de la derrota de la dictadura visitó a sus padres en su apartada casa de adobe en Las Jagüitas, comunidad localizada al sureste de Managua. El recibimiento entre lágrimas y gritos de las mujeres fue, aunque en la pobreza, apoteósico. Su padre orgulloso lo abrazaba y su madre estaba sin palabras del gozo. Volvían a ver al hijo pródigo después de nueve años de ausencia. Los vecinos vinieron a saludarlo, las muchachas le sonreían y se mostraban seductoras. Olinto Pulido era, para todas ellas, el caballero soñado, que regresaba con honra, fama y fortuna… pero eran otras las altas princesas que ahora él buscaba.

Al reconocer la miseria en que aún seguían los suyos, les dijo:

—Los días tristes terminaron, les prometo que todo cambiará.

Esas palabras eran las que sus padres habían esperado desde hacía tanto tiempo. Había vuelto el hijo y con él la esperanza. Pero la visita de Olinto llegó a su fin al día siguiente, cuando avisó a sus padres que tenía que presentarse a la comandancia para saber cuál sería la misión que tendría que asumir en el nuevo ejército. Desde entonces se convirtió en un incondicional de Nabucodonosor cumpliendo al pie de la letra sus orientaciones, lo que lo llevó a un rápido ascenso dentro del escalafón, hasta convertirse en coronel. Esto le permitió cumplir con holgura la promesa del bienestar para sus padres y también la muda en sus hábitos y preferencias. Conocía el *savoir faire*, la destreza de complacer al mando en sus caprichos, procuraba estar bien con su jefe y con los pares de éste en el Coro de Ángeles. Sabía que no sólo hay que servir al príncipe sino a los suyos, sin dejar dudas de que príncipe sólo hay uno. Y Nabucodonosor era el príncipe de los militares, el que hoy dirigía la guerra y mañana podría ordenarles abrazar al más odiado enemigo, incluidos los asesinos de sus hermanos y compañeros de causa. Nabucodonosor sabía premiar a quienes con él cambiaban la casaca y seguían fingiendo una firmeza ideológica realmente indescifrable por su inconsistencia entre el discurso y la práctica; no era mezquino a la hora del repartimiento del botín, permitía que a todos los suyos alcanzara un tanto de la riqueza mal habida. Marcaba para siempre a quienes con él participaban del festín de los bienes del Estado, compartiendo generosamente su mancha; de esa manera se aseguraba la lealtad y el silencio de los que le rodeaban. Por eso, el coronel Olinto Pulido siempre se mostraba solícito con los miembros del Coro de Ángeles. "Nunca hay que tocar a Dios con las manos sucias", se decía.

Así, tan luego Afrodisio le pidió explicaciones sobre el incidente en una unidad militar donde, según tenía informes, se había enjuiciado sin fundamento a un oficial y a un reservista, el coronel Olinto Pulido se comprometió a investigar y a castigar a los responsables.

—Evitemos hacer ruidos que perturben la buena imagen del ejército, sobre todo ahora que estamos llamando a un reclutamiento masivo del Servicio Militar —le pidió Afrodisio.

—Sí, comandante, descuide. Le prometo que ese asunto se solucionará —repuso Olinto.

Y no era que Afrodisio tuviera alguna jurisdicción sobre el ejército, ni que de él se esperara una recompensa; al contrario, llevaba fama de no hacer suyo el comé y comamos practicado por Nabucodonosor; pero es que siendo igual que éste en el Coro de Ángeles, ¿para qué irritarlo? cuando bien se le podía dar gusto.

El mayor llamó aparte al teniente primero Abea.

—Abea, maneje con tacto ese asunto de los maricones.

—¿Pasa algo malo, jefe?

—Estos jodidos políticos le calentaron la cabeza a Afrodisio. Le dijeron que usted no les había dado a los indiciados oportunidad de probar su inocencia.

—Ellos querían desmentir el informe y hacer quedar como mentiroso a un oficial.

—Sí, teniente primero Abea, pero el coronel Pulido no quiere que este asunto haga ruido mientras esté aquí Afrodisio.

—¿Y usted, qué me aconseja hacer?

—Pues si ésa es la vaina. La Apolonia le informó a Afrodisio que aquí se había atropellado a esos dos hombres, obligándolos a pasar frente a las tropas para que los humillaran y se burlaran de ellos.

—Bueno, tal vez ella no sabe que ése es el costumbre —dijo el teniente Abea con su acento campesino y cruzó los brazos metiéndose las manos debajo del sobaco.

—Sí sabe, lo que sucede es que esa mujercita siempre le halla pelos a la sopa —dijo el mayor—. Ya averiguó que el subteniente Maradiaga tiene una hermana que vivió con el sargento Payán; y dice que como ahora no quiere volver con ella, lo acusa de cochón.

—Sí, eso es lo que a mí me dijo el sargento —repuso el teniente primero.

—Ni modo, ahora no queda más que rempujarla para ver cómo remendamos este parche —el mayor se recargó contra la mocheta y quedó viendo, pensativo, hacia el pinar. Luego, como iluminado por una deslumbrante idea, dijo—:Ya sé, yo me voy a llevar al sargento Payán para la base de Mulukukú y al soldado le vamos a dar la baja y así todo se olvida.

—¿Le vamos a dar baja deshonrosa? —balbuceó Abea.

—¡Cómo se le ocurre! —se volteó airado el mayor—. Mientras más rápido y callados salgamos de esto, mejor.

—¿Pero a dónde pongo a ese Guatuso mientras tanto?

—Ah no, usted quiere todo masticado —salió al patio el mayor—. Póngase las pilas y mándelo a la mina de Rosita en el primer camión que salga. Ahí después que él vea cómo llega a su casa —agregó acercándose al Was, donde lo esperaba un escolta sentado sobre el parachoque.

—Pero ese muchacho vive hasta en Managua, mayor… —murmuró Abea.

—No me joda teniente primero —le gritó desde el volante—, ¿y qué quiere usted, que se lo mande a su mamá con mi mujer?

—Está bien jefe, se hará como usted ordena —se cuadró el teniente primero Abea.


Buenaventura jamás esperó una respuesta como la que le dio Afrodisio. Le pasa por hijueputa. *Es que en boca cerrada no entran moscas, hom.* Él ya se miraba arrancándole los botones de las camisas a esos dos pobres diablos. Afrodisio volvió a poner el rostro ceñudo, como el que mantuvo durante todas las sesiones. Al panzudo de Narciso Pavón le llegaron bien rápido los tragos y Buenaventura se coló a la mesa principal para esperar el momento de clavar sus garras.

—Primero la agarró contra los que oyen las canciones de Celia Cruz, ese malaventurado Buenaventura —recordó Inés del Monte.

—Un momento, no se meta con *Burundanga* que es mi canción predilecta —le protestó entonces Afrodisio.

A Narciso lo sacaron bien dormido sus escoltas. Afrodisio dio la orden de que mejor lo fueran a dejar a su casa. *Es que a los cuadros hay que protegerlos de las malas miradas.* Afrodisio es incansable para bailar. *Y para beber no es manco, así… son los pijazos que se lleva al pico.*

—Un cínico al que le gusta el guaro, las mujeres y el carnaval —lo defiende la Apolonia—; pero que a nadie le recita, como Artero, *La imitación de Cristo.*

En la pista no cabía tanta gente, por eso apartaron las mesas y empezó el despelote; medio mundo bailando *Candela,* con Ángela Carrasco y Celia Cruz, tronando en los parlantes:

*Tu candela*
*Y mi candela*
*Están candela*
*Salsa dame*
*de la buena la mejor*

—¿Supo que agarraron a dos cochones en la tropa? —le preguntó Buenaventura.

La Apolonia se puso eriza, estiró el cuello y paró las orejas. Pareció que el ruido no le había permitido a Afrodisio oír a Buenaventura, pero con su vozarrón hasta acalló la música. *¿Y qué cara puso el lame culo del Buenaventura?*

—A mí no me interesa por dónde ni con quién coja usted ni nadie, compañero —tronó Afrodisio.

*¿Eso le dijo?* La Apolonia se sonrió y miró sin piedad a Buenaventura.

*Con candela pasarás*
*De la noche a la mañana*
*Y ya nunca pararás*

—Pero te aseguro que si Afrodisio no ha dicho eso, todos estuviéramos pidiendo la baja deshonrosa para el Guatuso y el sargento Payán —comentó la Inés del Monte.

—Sí, porque a como dijo eso pudo decir lo contrario —eructó Homero.

—No se equivoquen —bostezó Apolonia—, a Afrodisio no le interesa la vida privada de la gente sino su trabajo.

Eso fue cuando Pinedita estaba fajado bailando *Maya-ya-o* con la Fara Penón.

*Jueputa cómo no estaba yo allí, para verle la cara al culo'e perro mientras le hacía oír aquello de dichosos los compasivos porque serán tratados con compasión.*

—Se armó Pinedita, Boscán.

—Desde muy temprano.

—¿Y dónde la conoció?

—Esta tarde, después que estuvimos hablando en el comedor nos venimos a tomar unas cervezas, y aquí estaba ella con los punk. La saludamos, nos presentamos, al rato se retiraron los punk y nos quedamos con ella.

—Pero Pinedita se le pegó como garrapata, hermano.

—Ya vos conocés la labia de ese jodido.

—¿Y no le ha contado chistes?

—Ah no, hom… salimos un rato allí afuera. De repente, se pusieron a platicar… yo me aparté un poco… y cuando los volví a ver iban caminando solitos, allá lejos, en la playa…

—… Amor a primera vista, pues…

—… Ah, por supuesto. Si los hubieras visto cuando regresaron, parecían dos antiguos conocidos con una historia en común —Boscán hablaba distraídamente, pero Inés del Monte permanecía en guardia.

—Este Pinedita es el vivo demonio —rio nerviosa Inés.

—Hubieras visto qué divertido —sonrió Boscán— cuando la Fara se quejó de los sacrificios que le imponía la revolución; y nada más —se frotó las manos— porque tuvo que mear parada aquí en el urinario del Hongo Jack.

Inés del Monte dejó escapar una carcajada.

—Cuando volvieron de la playa —continuó Boscán— le pregunté a Pinedita que si venían de otro sacrificio.

—¿Y qué te respondió? —no ocultaba su ansiedad Inés del Monte.

—Puso cara de pocos amigos y me dijo: "Sea más serio compañero, respete a la dama".

—Te oigo y no lo puedo creer —se asombró Inés del Monte.

—Yo le dije —repuso Boscán—: "Más miedo te tengo, güevón". Pero él, muy formalmente, la llevó del brazo a la mesa y allí los tenés —agregó— bailando como dos condenados negros caribe.

Homero y Pancho llegaron a la colina donde se levantaba la mansión cercada de limonarias. Las formas caprichosas de los laureles de la India, el césped, nítido y recortado, así como los redondeles floridos de la explanada, tenían boquiabierto a Pancho, pero nada lo deslumbró tanto como el portal que simulaba ser una pagoda, minuciosamente decorada con indescifrables ideogramas chinos.

—¡Qué casa más linda! —exclamó embelesado.

—¿Es que vos no habías estado nunca en la casa de un guardia? —le preguntó Homero.

—No, primera vez —respondió Pancho.

—Con razón seguís creyendo en la revolución.

—¿Y acaso vos ya no?

—Sí hom —se encogió de hombros Homero—, lo que pasa es que a estos majes se les fue la mano en lujos.

—¿Y qué estamos haciendo aquí, entonces? Vámonos, mejor —dijo Pancho.

Pero el coronel Pulido ya los esperaba en el portal, vistiendo una bata de seda que tenía un monograma, con las letras OP en gótica, bordado a mano en fino hilo de oro. Los invitó a entrar. Pancho pasó revista por las mesas de ébano cargadas de pulida platería, inhaló el aroma del jazmín de Castilla que reposaba sobre la pérgola del patio y hurgó las paredes saturadas de cuadros. Como un bazar lleno de sorpresas, la casa del coronel lo tenía deslumbrado. No salió de su hechizo hasta que la voz del anfitrión resonó pidiéndoles sentarse.

—Este maje está con la boca abierta viendo tu casa —dijo Homero.

—¿Le gusta? —repuso Pulido.

—Claro, de a verga —rio Homero—, cómo no le va a gustar si en la colonia Tenderí nunca ha visto una vivienda igual.

El coronel se sirvió un trago de la botella de whisky que su escolta había traído en una bandeja con copas de bacará y hielera térmica. Sorbió y puso su vaso en la mesa. Se percató de que las copas de los invitados continuaban vacías.

—Por favor, sírvanse.

—Gracias, pero yo no bebo whisky. A mí invítame a cerveza —dijo Homero.

—Si no es molestia, a mí también —balbuceó Pancho.

El coronel Olinto Pulido pidió a su escolta traer cervezas de las que estaban en la refrigeradora de su oficina; personalmente las destapó y se las dio en sus manos. Homero estaba inquieto revisando con la mirada los amplios espacios. El coronel aguardaba a que ambos terminaran de contemplar el diseño interior, que era su orgullo.

—¿En cuánto tiempo remodelaste esta casa? —preguntó al fin Homero.

—En tres meses —dijo el coronel acomodándose en su silla—. La antigua sala la convertí en mi dormitorio y estos corredores y salones los diseñé yo; también la cocina es completamente nueva, y los muebles austriacos eran de los abuelos de mi mujer.

Las miradas de Pancho y Homero repasaron otra vez todos los detalles de la decoración que estaban a su alcance. Pancho se hundió en la mullida poltrona forrada de cuero, orientó su mirada hacia la talladura del cielo raso, de donde descendía una luminosa araña y clavó sus ojos en ella, como si tratara de descifrar una a una sus innumerables lágrimas de cristal de roca. Repasaba de memoria la carta de su madre, la alegría porque estuviera junto a gente bien conectada, su esperanza en la providencia divina, el entusiasmo con el que aguardaba su regreso, la dicha de que él estuviera enamorado y fuera correspondido, el alcoholismo de su hermano, las canciones que oían en el radio sus hermanas y que las hacían recordarlo, los alimentos que cocinaría la mamá cuando él llegara aunque fuera de pase, la sombra que cobija al que a buen árbol se arrima…

Homero volvió a beber de su lata de cerveza y se pasó la mano por los labios.

—¿Ya vos sabés Olinto que la gente dice que esta casa es una ofensa para el pueblo? —dijo a boca jarro.

—Yo no le pongo mente a lo que la gente dice —se rio desdeñoso el alto oficial.

—Pues hacés muy mal.

—Es que de todos modos la gente nunca se va a callar —Olinto Pulido hablaba con indiferencia.

—¿Pero cómo se te ocurrió construir este palacio encima de la miseria del pueblo?

—¿Ah, me estás insinuando que mejor lo hubiera construido donde nadie lo viera? —dijo el coronel con una sonrisa irónica.

—Todo lo contrario —lo increpó Homero—. Los vecinos comentan que aquí tuviste trabajando sin parar, noche y día, a más de ciento cincuenta reclutas del servicio militar.

El coronel Pulido no se inmutó. Parecía conocer de memoria el reclamo.

—No sólo los reaccionarios hablan —repuso— pues hasta mis compañeros del ejército dicen lo que les da la gana, sólo porque no vivo como chancho.

—Es que no se trata de eso —resopló Homero.

—Hombré —dijo el coronel sin abandonar su aplomo— yo me sacrifico por esta revolución, paso meses enteros sin ver a mi familia, arriesgo el pellejo todos los días. Lo menos que puedo esperar es un mínimo de comodidad para dormir y descansar.

—Pero no sólo vos te sacrificás, aquí el pueblo entero arriesga el pellejo y se muere de hambre…

—… Sí, pero no todo el mundo tiene bajo su mando trece mil hombres como yo —contrargumentó el coronel.

—Ah, ya veo la diferencia —reaccionó con sarcasmo Homero—, por eso se justifica que unos comamos mierda y que otros nos caguen.

El coronel Pulido se esforzaba por disimular su contrariedad. Se sirvió otro trago y bebió todo el contenido del vaso.

—Homeritó —dijo pausadamente—. Lo que pasa es que muchos de ustedes siguen viendo la revolución como si todavía estuviéramos en la etapa guerrillera, un poco románticamente. Seamos pragmáticos, vivamos el presente tal como es…

—… No, no —lo interrumpió el otro—. Yo sé que ahora la revolución está en el poder y que ésta es otra etapa. Lo que me parece es que algunos vivos aprovechan la guerra para justificar sus derroches.

—¿Qué me querés decir con eso? —apretó los dientes el coronel.

—Simplemente, que mientras la mayoría padece calamidades, una cúpula hace de la guerra un gran negocio y se da el lujo de vivir en caserones nunca vistos ni en el *Architectural Digest* —Homero lucía desafiante y con el semblante encendido.

—¿Entonces, vos considerás injusto que se nos dé un trato especial a quienes hacemos posible que los demás estén vivos? —le reprochó el coronel.

—Lo que yo considero es que se debe de acabar esta situación en la que todo un país tiene que estar de rodillas pagando la cuenta de unos redentores que nadie ha contratado y a los que además hay que agradecerles el que aún nos perdonen la vida —le respondió sin bajar el tono ni cambiar su actitud retadora.

—Claro, no debería ser así —dijo el coronel tratando de aparentar calma—, pero tomá en cuenta que esta situación ha sido impuesta por Estados Unidos.

—Por Estados Unidos ha sido impuesta la guerra; pero no las deformaciones éticas de la revolución —bebió de su cerveza Homero.

—Es lo que te digo —aparentó condescendencia el coronel—, que vos me hablás de una ética de manual que nada tiene que ver con la realidad…

El bangán de un manotazo en la mesa interrumpió a Olinto Pulido, que se volvió, de inmediato, hacia donde se hallaba Pancho, quien saliendo de su mutismo se puso de pie.

—Cabrones, ustedes se masturban discutiendo sobre el bien y el mal —prorrumpió— y no se dan cuenta de que la gente ya perdió la esperanza en esta revolución de mierda —los miró con rencor a los ojos y después de un profundo silencio abandonó la sala.

—Tenés razón, es mejor parar este bla bla —dijo Homero, deslumbrado por el despertar de Pancho, y salió detrás de él.


—Ajá, Pinedita, conque en amores con la Fara Penón —dijo Inés del Monte.

—No hay nada, sólo un rato de diversión pura.

—Tené cuidado con esa mujer —sentenció Juana de Arco.

—¿Más cuidado que el que tengo con vos? —Pinedita acarició la cabeza de Juana de Arco.

—Yo no estoy bromeando —se apartó violentamente Juana—. Ésa es una oportunista sospechosa.

—¿Sospechosa de qué? —preguntó desde el fondo donde, acostada en una hamaca, leía Apolonia.

Juana de Arco volteó para el rincón de donde provenía la inesperada indagación. No contaba con que Apolonia estuviera atenta a la plática.

—A mí me contó la Virgenza —repuso Juana después de un breve silencio— que esa Fara Penón lo que anda buscando es fama y dinero a costillas de la revolución.

—Lo que pasa con la Virgenza envidiosa —replicó acercándose al grupo Apolonia— es que ella no tolera que otras mujeres le hagan sombra.

—Ella dice —aclaró con tono amable Juana de Arco— que en el *jet set* ya nadie le hace caso a la Fara Penón.

—Supongamos que eso sea cierto —intervino como moderador Pinedita—; pero se mueve en otros círculos donde es escuchada.

—Vos no hablés —lo acalló Juana de Arco—, que a vos ya te dio agua de calzón.

—Ve niñá —le salió al paso Apolonia—. Vos no sos más que una irrespetuosa, ¿con qué derecho le hablás de ese modo al compañero? Además —la encaró airada—, repetís como dogma lo que otros te dicen.

—Yo confío en lo que la compañera Virgenza me ha dicho —ripostó Juana— porque por algo ella es miembro del Coro de Ángeles.

—¡Avión pues! —se burló Apolonia—. Como que si no sabés que ella llegó allí a base de intrigas y zancadillas, apartando del camino a gente con más méritos políticos que los suyos.

—Lo que hay que ver es que la Fara Penón —volvió a mediar Pinedita— no tiene ninguna necesidad de andar por estos arrabales.

—La Fara podría quedarse tranquila en Europa o Nueva York —dijo ya en calma Apolonia—, pero está aquí porque le interesa su país.

—Yo sólo te digo que Desiderio ya no le da entrevistas —repuso con autosuficiencia Juana de Arco.

—De qué te extrañás —dijo Inés del Monte— si la misma Virgenza es la que decide quién entra y quién no donde Desiderio.

—Claro, ya la Virgenza le calentó la cabeza —sostuvo Apolonia—, porque piensa que las cámaras y los periodistas sólo la deben de seguir a ella. A este paso —añadió— nos vamos a quedar más solos de lo que ya estamos.

—Es que a veces somos muy sectarios —comentó Inés del Monte.

—No, en este caso ni siquiera se trata de sectarismo —repuso Apolonia—. Lo que pasa es que a muchos les disgusta que la Fara Penón tenga su espacio propio en el mundo.

—Ella dice —explicó Pinedita— que aunque a veces se siente hostigada va a llegar hasta donde más pueda, para probar lo injusto y equivocado de la política de Reagan.

—Sí, hombre, dejemos que cada quien haga lo suyo y no nos prestemos para fomentar mezquindades que a nadie benefician —dijo Apolonia mientras regresaba a su hamaca—. Oigan, que lindos estos versos —añadió levantando la voz—: "Qué estará haciendo esta hora mi andina y dulce Rita de junco y capulí…"

Juana de Arcó salió estrepitosamente con la cara descompuesta y sin volver a ver a nadie tiró la puerta con rudeza.

—¡Va hecha un pedo e' mula! —se rio Apolonia hundiéndose de nuevo en su lectura de *Los heraldos negros*.

Inés del Monte y Pinedita quedaron, de nuevo, hablando a solas.

—Bueno, pero volvamos al principio, Pinedita. Contanos cuáles son tus amores con la Fara.

—No hay nada, hom… —se evadió él.

—Ej, ustedes tienen su trompo enrollado —insistió Inés del Monte.

—"Alabado las mujeres cómo son de noveleras" —recitó cabizbajo Pinedita y salió al patio donde Eudocia rajaba leña y murmuraba sus ruegos a San Jorge contra el Pájaro Negro.

—Pasame el hacha, Eudocia —la interrumpió Pinedita y continuó con la tarea que ya la mujer llevaba por la mitad.

—¡Qué gran muchacho es ese Pinedita! —dijo Apolonia cuando lo vio liberando del hacha a Eudocia.

—Un jodedor de primera magnitud —le respondió complacida Inés del Monte.

—Uh, yo no me engaño —Apolonia se aproximó a Inés del Monte—. Esa preguntadera tuya acerca de la Fara Penón, es porque estás celosa.

—¿Cómo se te ocurre? ¡No sos más que una mal pensada! —Inés del Monte ripostó con sonrojo y riendo nerviosa.

—No mi muchachita, ningún mal pensamiento. Ustedes dos tienen ratos de andarse moteando el uno al otro. Yo no sé qué esperan para cantarse las claras. No esperés, tomá la iniciativa vos —Apolonia empujó por el hombro a Inés del Monte que estaba echa un manojo de nervios.

—Ej, yo me muero de vergüenza —dijo enrojecida Inés.

—¿Y cómo yo?, desde que me di cuenta que me gustaba Pancho, le hablé claro y ahí nos ves.

—Ah, pero yo no tengo tu valor —hizo un mohín Inés del Monte.

—Te aseguro que Pinedita está aquí nomás por vos —dijo Apolonia.

—Uuuh… —levantó lentamente un brazo como marcando una inmensa lejanía Inés del Monte— ni que fuera para tanto. Si él está aquí es porque, a pesar de todo, tiene fe en la revolución…

Apolonia regresó a la hamaca donde había dejado el libro de César Vallejo.

—Acordate que dicen que las tetas halan más que las carretas —sentenció cantarina.

—Que te oyera él —levantó la voz Inés del Monte— te iba a reclamar por compararle la conciencia, con los zapatos de Manacho, que "son de cartón, de cartón" —repitió entonando la musiquita de *Los zapatos de Manacho*.

—¡No mamita! —rio Apolonia—. Me iba a dar las gracias por abrirte los ojos y facilitarle a él el trabajo de declararte su amor; pero como yo no soy alcahueta —retomó el libro—, ahí vean ustedes cómo bailan ese trompo en l'uña.

"Dios todopoderoso, detenele la mano a ese bandido..."

Siempre en cuclillas y arrimada a la pared de la cocina, Eudocia sostenía el plato de comida que la cocinera le había puesto sobre los muslos. Con la tortilla como cuchara prensaba los frijoles que se llevaba a la boca. Después de cada bocado, Eudocia pronunciaba una súplica: "Amarrá tus animalitos, librame de las sabandijas del aire y de la tierra San Jorge bendito..."

—Comé tranquila Eudocia —la interrumpió la cocinera—. Dios te va oír y el Pájaro Negro o Zopilote, yo no sé cómo se llama ese aparato, no va a volver.

—Ej, eso dice usté —repuso rápidamente Eudocia—, si yo oyí a los muchachos platicando que en el momento menos pensado vamos a tener a ese animal otra vez encima.

—Sí, pero ya pasó el susto de la primera vez, ahora ya sabemos cómo es ese chunche —dijo la cocinera.

—No, uno nunca sabe cuándo esos animales van a escupir fuego —gimoteó Eudocia.

111

—Descansá, calmate para que me volvás a ayudar en la cocina.

—Lo que soy yo no vuelvo a entrar allí ni a palos, Dios me libre —se puso de pie Eudocia—. Le puedo rajar toda la leña que usted quiera, aquí afuera, pero no me haga entrar a esa cocina.

—Bueno pues —condescendió la otra—, no entrés a la cocina… pero ¿vas ir a bañarte conmigo?

—¿Y usté en qué está pensando? —saltó Eudocia—. ¿Qué yo me vua a volver a meter en ese río después que lo vide desmadrarse? Quién quita y por ventura cuando yo esté adentro al condenado zopilote se le antoje pasar… No, busque a otra idiota para que la acompañe. A mí déjeme aquí rezando —apartó de un manotazo a la cocinera y recomenzó su cantaleta—: "San Jorge bendito amarrá tus animalitos, líbrame de las sabandijas del aire y de la tierra ojos tengan y no vean pies tengan y no se meneyen hasta que Dios venga y disponga d'ellas".

El Coro de Ángeles había enviado de regreso el proyecto de realización de la Jornada Kupia Kumi, que Narciso Pavón le remitiera después de borrar los nombres de sus autores, Alí Alá y Homero, y en cuyo lugar puso el suyo. El encabezado del proyecto decía:

DE: SECRETARIO POLÍTICO DEL ATLÁNTICO NORTE
A: EL CORO DE ÁNGELES, CASA DE LOS GAVILANES, MANAGUA.
REF: JORNADA IDEOLÓGICA "KUPIA KUMI"
LEMA: NICARAGUA, UN SOLO CORAZÓN.

El Coro de Ángeles remitía el proyecto aprobado y nombraba, de su seno, a Virgenza Fierro para que coordinara a nivel nacional la movilización artística. A ella debían subordinarse todas las fuerzas del país y por consiguiente la región del Atlántico Norte, en todo lo que al festival se refería. El Comité en Brackman nombró a Juana de Arco para que fuera el vínculo entre Virgenza y la región y para que dirigiera a los grupos de artistas que en el Atlántico se movilizarían para el Kupia Kumi. Los miembros del Comité asumieron, cada uno, una responsabilidad de dirección: Orestes haría el seguimiento político, Buenaventura a cargo de la tesorería y el suministro de recursos materiales, Digna se desempeñaría como ejecutiva de Narciso Pavón. Las tareas ancilares quedaron a cargo del resto de la brigada.

Para la culminación del festival se dispuso que Apolonia se hiciera cargo del operativo de protocolo, Pinedita del aseguramiento técnico de la plaza, Boscán se encargaría del acondicionamiento de la tribuna y Pancho sería el enlace entre Narciso Pavón y los encargados del trabajo operativo. Inés del Monte se ocuparía de los detalles del banquete para los invitados especiales y Homero quedó a la disposición del comité de propaganda. El poeta Alí Alá fue nombrado instructor de danzas regionales. La carpintería, como despectivamente se denominaba en el lenguaje de la nomenclatura a las tareas que no suponían ninguna elevada elaboración que requiriera el visto bueno del Coro de Ángeles, sería asumida por los cuadros originarios del Caribe.

Cuando nos percatamos del interés de Juana de Arco por el teniente, todos dijimos que ella era capaz de cualquier cosa por alcanzar influencia en los niveles de decisión. Decíamos que a falta de pan las semitas son buenas; y lo decíamos porque pensábamos que sus primeros

113

esfuerzos habrían sido vanos en la búsqueda de un oficial de mayor rango.

—Si en las tropas hubiera un capitancito al mando, el pobre teniente sería ignorado —decíamos los varones.

Pero suponíamos que su interés sería pasajero. Tan luego termináramos de evacuar a los pobladores miskitos de la ribera, el teniente Zarco dejaría de ser nuestro jefe de operaciones y Juana buscaría un mejor blanco para descargar las flechas de su carcaj. Pensábamos que entonces apostaría a alguien que le permitiera compartir una cuota de poder con mayor volumen.

Cuando los veíamos hechos un amorcito, decíamos que se estaba extralimitando.

—Para reírse de un campesino no hace falta exagerar de ese modo —comentaban las muchachas.

Pero algunos comenzábamos a dudar de que se estuviera riendo de él. En el Hongo Jack nos parecía increíble verla cómo se daba permiso de parecer seductora ante las miradas inquisidoras de la oficialidad y la soldadesca. Llegamos a imaginar que procuraba despertar los celos en alguien.

—Lo está usando —decíamos.

Sin embargo, los dos parecían ajenos a nuestro chismorreo, y cada vez se fue haciendo habitual verlos juntos en todas partes, pese a que sus respectivas ocupaciones los obligaban a separarse. Ella en el aparato político y él en las fuerzas armadas, coincidían muy poco en el trabajo; pero se dedicaban mutuamente sus ratos libres. Así que al cabo de poco tiempo nadie volvió a dudar de que ambos constituyeran una pareja. Todos, en la brigada, debimos aceptar en silencio que Juana de Arco dejaba de ser la calculadora de oportunidades que habíamos conocido cuando, después de ser nombrada miembro del Comité de Dirección Partidaria, se estableció a vivir con el teniente Zarco en su casa.

—L'amour fou —apodábamos a la pareja, debido a que ella era graduada de la Escuela de Francés en la Facultad de Humanidades; pero, principalmente, porque pensábamos que aquello era un loco amor, si tomábamos en cuenta que las aspiraciones políticas de Juana no coincidían con las limitaciones culturales y económicas de un oficial como el teniente Zarco, a quien no se le veía porvenir a la vista. De manera que debimos acostumbrarnos a una nueva Juana, capaz de suspirar cada vez que su amante salía a un operativo peligroso; y nadie puso más en entredicho la autenticidad de su pasión.

*Ay, dalin dupali*
*dalinki mainiri.*

CANCIÓN MISKITA,
AUTOR ANÓNIMO

Matemática iba para el río. Llevaba el cántaro apreta-
do con el brazo contra la cintura. Tenía el pecho descubierto y un pedazo de tuno le servía de falda. Me sonrió
al pasar. Sus tetitas vibraron alegres cuando le hice un
guiño. Matemática apuró el paso. Casi corría. Yo la miraba. Llegó al río y se agachó sobre el agua. Inclinada con el
cántaro en las manos, sumergiéndolo, quedó viendo para
la piedra desde donde yo la observaba y rio de nuevo.
Matemática se irguió y al alzar el cántaro para llevárselo a
la cabeza, sus brazos me parecieron ramas que quisieran
alcanzar las nubes. Avanzaba leve hacia mí pero su andar
era brioso, casi altanero, como si reclamara el mundo
para sí. Matemática seguía teniendo de cacao el color de
la piel y desde lejos se percibía su aroma de mar. Después
de la primera vez, cuando comí de la carne de su coco,
Matemática y yo inventábamos mil formas de encontrar-
nos solos.

Me tendí en la laja y se sentó a mi lado. Le ofrecí un
pedazo del piñonate que yo estaba comiendo. Lo cogió y
después de probar su sabor dulce, agradecida, me dijo:

—*Tinki pali*...

Cuando supo que me interesaban las leyendas me con-
fesó que ella sabía el cuento de un miskito llamado Cotón
Azul. Yo quería comerme sus dedos, bebérmela; y le pedí
un beso. Ella me lo regaló y, por debajo del uniforme, mi

carne se puso arisca. Matemática sabía que me tenía entre sus manos y me ofreció el cielo y las estrellas; pero tendría que esperar la noche. Desconsolado, quería retenerla junto a mí hasta que el sol se fuera y cayeran las sombras. Le pedí que me contara la historia de Cotón Azul y Matemática me complació:

—Cotón Azul era un miskito muy hermoso que vivía en una comunidad de la ribera.

—¿Por qué le decían Cotón Azul? —la interrumpí.

—Porque siempre vestía una cotona azul —respondió—. Él, igual que los demás miskitos —prosiguió—, cazaba y pescaba; y como ellos también dormía a pierna suelta embriagado por el clima. Como a vos, le encantaba la música y decía versos. Se perdía por esas montañas vagando y le gustaba sentarse sobre una piedra, en el camino o junto al río, a contemplar las grandes bellezas que rodean a la nación miskita. Un día, Cotón Azul estaba en la profundidad de la montaña y descubrió que de la rama más alta de un ceibo guindaba una guitarra que parecía de oro. Se asustó pensando que a lo mejor había sido puesta allí por algún espíritu malo que quería tentarlo. Pero él estaba encantado con su visión y, casi sin darse cuenta, se trepó al ceibo y bajó la guitarra. Cotón Azul sacó al instrumento una música maravillosa que en todas las comunidades se escuchaba. Así, él llegó a ser el más famoso artista en toda la nación de los miskitos…

Matemática suspendió de pronto el relato y levantándose me dijo que se le hacía tarde. Le supliqué que no se fuera y que terminara de contarme el cuento.

—Esperemos que venga la luna y te lo voy a decir más lindo.

Cogió el cántaro y besé sus muslos olorosos a océano.

120

—Para que ande bien este negocio es necesario que definamos las reglas del juego. El Estado Mayor me ha orientado que antes de integrarme al Comité deje claro que el ejército reconoce como miembros con iguales derechos que los nuestros solamente a ustedes dos —dice el coronel Olinto Pulido frente a Narciso Pavón y a Orestes.

Fue antes de partir de regreso que Afrodisio hizo los anuncios. La región había sido declarada zona prioritaria para la defensa.

—Hemos decidido reforzar Brackman con los mejores y más experimentados cuadros —declaró mirando por arriba de los anteojos y con el ceño arrugado Afrodisio.

—Llegó el fin de tu mando absoluto, Narciso —murmuró Apolonia.

—En el Coro de Ángeles hemos acordado —anunció Afrodisio— que Orestes refuerce al equipo de dirección política que coordina el comandante Narciso Pavón y que, además, el coronel Pulido va a contar con nuevos compañeros.

—Antes de formar el Comité establezcamos un código de comportamiento —propone Narciso.

—No entiendo muy bien lo que querés decir con eso, explicate mejor —pide Orestes.

—Hombré —se adelanta a contestar Olinto—, el asunto es muy sencillo. Esos compañeros que vinieron con la brigada arrastran demasiados vicios. Son muy dados a irse de la lengua en sus observaciones y comentarios —cruza la pierna, extiende un brazo sobre el respaldo del sofá, roza el hombro de Narciso, que se acaricia el cachete—. Su liberalismo llega a extralimitarse haciendo propios los chismes de la reacción y muchas veces promueven el irrespeto a nuestros dirigentes. Nosotros le planteamos la inquietud a Afrodisio, cuando estuvo aquí, y él nos aconsejó hablarlo con vos antes de echar a andar este organismo.

Orestes cabeceaba mientras oía al coronel, parecía que con cada uno de sus movimientos de cabeza quitara una a una las capas que ocultaban la intención de Olinto Pulido y Narciso Pavón. Todo estaba claro, pretendían que él suspendiera sus relaciones con los miembros de la brigada y que se replegara junto a ellos dos. Así, cuando hablara con los miembros del Coro de Ángeles, no transmitiría otros puntos de vista que no fueran los suyos, ya que después de todo eran los responsables de la conducción política y militar a la cual él se estaba integrando. Orestes se quedó pensativo y en silencio por un rato.

—Digna Espina ocupará —Afrodisio auscultaba al auditorio, buscaba en sus miradas las reacciones, pero silencio recibió en respuesta— la dirección de Vida Orgánica en el Partido.

—Ay mamita, preparémonos para lo que nos espera —susurró Pinedita.

Digna pertenecía, aunque de origen social muy humilde, a la camada de jóvenes que desde los grupos cristianos se integraron al proceso revolucionario. Estos grupos, constituidos esencialmente por hijos de papá, se cuidaron de incorporar en su seno a muchachos de los barrios marginales. Digna había sido, hasta antes de entrar en contacto con el movimiento cristiano, activista del Ala Femenina Liberal, el brazo político del partido del tirano que agrupaba en primer lugar a maestras y empleadas públicas que por necesidad o convicción coreaban en los días finales del dictador: *¡No te vas, te quedás! ¡No te vas, te quedás!* Recién graduada de la escuela normal, para conseguir su empleo de maestra rural, Digna participó con fervor en todas las manifestaciones políticas y en las tenidas que frecuentemente se realizaban en el estadio en apoyo del tirano y sus caciques departamentales. Los grupos cristianos que operaban en la zona rural de Managua contactaron a Digna y ella cooperaba clandestinamente con el movimiento y después, durante la insurrección, con la guerrilla. Así que Afrodisio esperó alguna reacción de quienes conocían el pasado de Digna, para declarar una vez más el respaldo del Coro de Ángeles a una compañera que como ella era ejemplo de entrega total. Digna gozaba de un forzado respeto público desde que, laborando en el Comité Partidario Estatal, consiguió que a un grupo de antiguos luchadores que desempeñaban altos cargos en el gobierno, les negaran sus carnés de militantes por no reunir los suficientes méritos. El asunto no hubiera tenido ninguna repercusión a no ser porque entre aquéllos había ministros, magistrados, embajadores y directores de entes autónomos, que fueron citados a la ceremonia oficial donde recibirían sus credenciales como militantes; pero allí mismo, ante la presencia de centenares de invitados especiales, se les escarneció aduciendo que realmente fue un error el haberlos citado, porque aunque ellos hubieran estado ligados a la organización desde sus primeros años, incluso cuando muchos no creían en la posibilidad de derrocar al tirano, lo cierto es que sus conductas dejaban mucho que desear. Como esperanza se les dijo que serían sometidos a nuevas pruebas de entrega y sacrificio para entrar al selecto club de revolucionarios con categoría de militantes. De nada valieron protestas y reclamos ni la invocación de viejos padecimientos como exilios, torturas, cárceles, pérdida de fortuna, juventud, oportunidades y muerte de seres queridos a causa de la lucha. El Coro de Ángeles en cuerpo avaló la decisión del Comité Partidario Estatal y Digna Espina fue premiada con un escaño en la Asamblea

de Cuadros y Militantes, órgano supuestamente delibera-
tivo que sesionaba una vez al año para conocer y refrendar
las inapelables decisiones del Coro de Ángeles. Ahora al-
canzaba un cargo regional en la dirección del partido. Así
que, ¿quién iba a chistar?

—Yo quisiera saber si todos ellos son así, liberales,
como ustedes dicen —entrelaza las manos detrás de la
nuca, Orestes inquiere al cabo de su prolongado silencio.
—Bueno, no todos; pero la mayoría —dice el coronel
Pulido.
—Principalmente Pinedita, la Inés del Monte, Homero y Laborío —comenta Narciso Pavón—; y la Apolonia, que los apaña y defiende siempre —agrega y bosteza
frente a Orestes que mira con sorpresa el interior de la
inmensa boca abierta.
—De qué se preocupan si ninguno de ésos va a tener
mayor relevancia dentro del Comité —Orestes se aburre,
musita—; y ¿ustedes han hablado antes con ellos?
—Yo no me meto a corregir civiles —de nuevo se adelanta a decir el coronel—, porque creo que para eso está
el partido; pero me parece que ahora es tiempo de cortar
por lo sano.
—Sucede que casi todos esos jodidos estudiaron con
el coronel Pulido y conmigo en la universidad de León
—Narciso Pavón se aprieta una espinilla con cuya sustan-
cia sebácea hace un serullo, se lleva los dedos a la nariz—.
Juntos fuimos activistas del movimiento estudiantil; y por
eso se creen con derecho de vosearnos delante de los demás y no se cuidan la lengua cuando hablan de nosotros.
Nos vulgarean con frecuencia; y la verdad, es que yo nunca pensé que los iban a dejar aquí por mucho tiempo, por
eso no les hacía caso. Pero ahora hay que tomar medidas y

124

poner cada cosa en su lugar — Narciso se mete el serullo en la boca y se aprieta otra espinilla.

—A Juana de Arco la hemos designado jefa de Orientación —Afrodisio informó secamente, mientras pasaba al comandante Pavón un legajo de papeles.

—Predicaremos la fe con nuevo ardor —comentó con burla Homero.

—Muy bien, ¿qué sugieren ustedes? —Orestes pregunta impaciente, se enrolla y desenrolla un rizo detrás de la oreja, mueve las piernas, choca sin cesar las rodillas.

—Yo me reuní ya con mis principales hombres —resopla el coronel— y les prohibí toda manifestación de amiguismo. A la verga —encara a Orestes— invitaciones y pipencias con políticos, así se hayan criado juntos.

—Buenaventura, como miembro del comité, se encargará —Afrodisio alzó la voz y auscultó de nuevo al auditorio— de la distribución regional de productos básicos.

—Al gato la leche —se oyó en falsete una voz anónima.

—Yo creo que hay que redactar una normativa que regule la conducta de todos y cada uno de los miembros del comité y del partido —Narciso se arrellana en el sofá.

—Estoy de acuerdo con ustedes dos, ¿a quién sugieren para redactar esa normativa? ¿Has pensado en alguien, Narciso? —Orestes se aburre, tiene en su agenda otros asuntos más importantes.

—Yo mismo la voy a escribir —Narciso se pasa la mano por la papada.

—Narciso Pavón, el coronel Olinto Pulido, Orestes, Digna, Juana de Arco y Buenaventura son a partir de ahora la autoridad de la región —declaró con aplomo Afrodisio—. Ellos representan el poder popular y el resto de la brigada debe continuar operando entre los miskitos

—remachó, y sus palabras cayeron como una losa sobre el sepulcral silencio del auditorio. Esto significaba que Juana de Arco, Digna y Buenaventura se trasladarían a vivir a Brackman, la capital de la región, donde tenía su sede el poder político; los demás continuarían yendo y viniendo de las viejas comunidades a los nuevos asentamientos y a las bases militares, llegando a Brackman sólo cuando se les requiriera.

—Te lo dije que nosotros íbamos a seguir mordiendo el leño —le murmuró en el oído Pinedita a Inés del Monte mientras abandonaban el salón.

Claro, el cuento de que estuvimos perdidos porque los chanes miskitos no conocían la zona siempre me pareció muy flojo. En esos cinco días, más los otros tres que duró el regreso a Kururia y lo que tardamos en llegar por fin a La Esperanza, los hombres indígenas tuvieron suficiente tiempo para cruzar el Wanki. *Detrás van ellas, hom.* A San Carlos llegamos con la lengua de fuera, íbamos extenuados. Llegamos a caer rendidos. Allí Mendiola, el destinatario del mensaje que yo llevaba, era el señor indiscutible. Invisible.

—Subcomandante, traigo algo para usted.

Él nunca tiene tiempo para atender a nadie. Inclinado sobre los inmensos mapas, bajo la linterna sorda, traza con un lápiz rojo la trayectoria de la huida de los miskitos. La que va a seguir la evacuación a pie de las mujeres, los ancianos y los niños, la describe con un crayón azul. De Kururia los camiones llevarán a la gente a Leimus y de allí a *Tasba Pri*. Tierra Libre. Al otro lado los hombres han declarado haber salido huyendo de la represión de la revolución. Mierda, como si la revolución no se hizo para ellos. *Político, ayúdenos a limpiar estos frijoles, deje esos*

126

*papeles ya, político.* Yo me esmeraba en mis apuntes, breves notas con cifras de la cantidad de gente que se desplazaba. La fecha, el día, la hora. Agotados nos dormíamos oyendo las noticias en el radio de Homero. Si fuéramos miskitos, nosotros hubiéramos ido montados. Las mujeres de ellos siempre llevan la carga: la cabeza de guineos, los trastos, la ropa, los hijos. Los años. Ellos nunca deben fatigarse. Deben estar libres de todo cansancio. Quién como ellos que llegan a la oscuridad de la noche libres de todo agotamiento. A la oscuridad donde el deseo vence. Llenos de energía para derrocharla en la pasión. ¿Qué hará a esta hora mi Matemática? Han cruzado el río. Se unieron a la Contrarrevolución. Atrás dejaron sus mujeres. ¿Cuánto tiempo van a estar ellas separadas de su amor? Su deseo de ellos podrá más que el miedo. Ellas avanzan indetenibles, hacia Kururia donde las esperan los camiones que las llevarán a Leimus y de allí a *Tasba Pri*, donde no están sus hombres, donde nunca estuvo nadie. Si ahora caminan a toda marcha para un rumbo donde nadie las espera, ¿cómo irán cuando vayan en pos de ellos? *Como el ciervo que a la fuente de agua fresca va veloz.* Tal vez allá —al otro lado donde está su amor— ellos se convencen de que aquí es su lugar y regresan para unírseles. A su deseo. A los suyos. A su tierra. A Tasba Pri. *Tasba Pri, la tierra más ajena.* Ni en el otro lado ni en *Tasba Pri* está el amor sino en el Wanki, en sus laderas. Ojalá… *Político, ya deje de cavilar tanto y apúrese con los frijoles.*

*Todo el mundo baje del camión y enseñe su permiso de viajar.* Los miskitos cambian de nombre cuando se aburren del que han llevado por mucho tiempo. ¿Cómo hacen cuando les señalan que el nombre de la tarjeta no coincide con el que ellos dicen verbalmente? Ellos no saben leer.

127

Ellos no hablan español. Simplemente quedan detenidos y después, en prisión, se averiguará su verdadera identidad. Retenes en los caminos para verificar si los viajantes son los que dicen ser. Retenes para comprobar que no se comercia ilegalmente. *Usted no puede transportar más de cinco libras de productos básicos. El resto le será decomisado.* Nadie entiende por qué. La autoridad no habla el idioma que los miskitos entienden. Algo malo está pasando. *Esas libras restantes de frijoles pueden ir dirigidas a los Contras.* Es necesario crear una comunicación de doble vía. Es tiempo de escuchar. ¿Pero quién tiene tiempo para oír al otro? Ése va a ser el trabajo que la Juana de Arco desarrolle, imaginar un sistema de comunicación entre la gente y el poder. Tendrá que conocer la historia, las tradiciones. Los soldados, los cuadros y los activistas tendrán que aprender que aquí no están ni en Managua ni en Occidente. Ellos no pueden entrar al interior de los hogares como a su propia casa. Tampoco se podrá parcelar la propiedad comunal. ¿Y la reforma agraria en qué paró, Dios santo? Lalo Chanel controla las industrias vinculadas a las grandes haciendas en las que ya había alguna infraestructura. *Sí, hom, los ingenios de azúcar y la industria láctea. De ahí van a salir, por cuentas, los caudalosos ríos de leche y miel.* Los campesinos tendrán que esperar. La propiedad estatal es prioritaria. Aquí en este lugar los lecheros de las haciendas estatales se encargan de pasar dejando un cántaro en la puerta de cada uno de los miembros del Comité. La población consume polvo lácteo diluido en agua. *Son los sacrificios que impone la agresión yanqui, hom.* Lo que antes sólo iba para la buchaca de Narciso Pavón, ahora lo tiene que compartir con otros. *La revolución avanza, hom.*

—La princesa Lakia había desaparecido.

—¿Quién era la princesa Lakia? —pregunté apartando de mi boca el pezón que me entretenía hasta la eternidad, mientras continuaba acariciando el otro.

—La bella hija del rey Albriska —me respondió Matemática; y sobando mi cabeza, continuó su historia—. La gente dijo que seguramente había sido raptada por la ligua.

—¿Y quién es *la ligua*?

—Una sirena que se lleva a las mujeres que se bañan solas en el río.

—De ahora en adelante yo te voy a acompañar cuando te bañés para que no te lleve la ligua.

—*Tinki pali* —me agradeció sonriente y retomó el hilo de la historia—: Los miskitos salieron con flechas a buscar a la princesa Lakia por los ríos y la selva. La buscaron también por las nubes; pero no pudieron encontrarla. La princesa no aparecía y Albriska, su padre, lloraba. Al ver llorando a su rey la nación miskita se puso a llorar. El rey llamó a un Sukia para que le dijera dónde encontrar a su hija. El Sukia profetizó que sólo Cotón Azul podría dar con la princesa Lakia. El *wista tara* Albriska suplicó a Cotón Azul que hallara a su hija y que después pidiera lo que deseara. Subió Cotón Azul a una barca que tenía los casquetes de oro y navegó desde Las Segovias, donde nace el Wanki, hasta el Cabo de Gracias a Dios, donde desemboca. Cotón Azul sacaba a su guitarra tonadas muy dulces, jamás oídas por los miskitos. Una tarde, al acercarse a Ulwas se formó un gran remolino de aguas y de él emergió, la ligua atraída por la melodía, llevando prisionera a la princesa Lakia. La ligua parecía adormecida con la música de Cotón Azul, que no dejó de sonar su guitarra, y con mucho cuidado, los miskitos que lo acompañaban arrebataron a Lakia de los brazos de la ligua. Cuando llegaron a la presencia del *wista tara* Albriska, la felicidad llenó el corazón del rey de los miskitos y se hizo una gran fiesta con abundante misla, rondón y bisbaya. El rey cedió a Cotón Azul su hija Lakia, con quien se casó. Y al morir el *wista tara* Albriska, Cotón Azul le sucedió en el reino y fue grandioso con su pueblo. Con su humildad y arte para gobernar hizo muy feliz a la nación. Un día se fue, pero prometió volver; y desde entonces la mujer miskita espera a su Cotón Azul.

El Was avanza, de tumbo en tumbo, por el camino polvoriento. El chofer, envuelto en la nube de polvo, grita para que el teniente Mayorquín lo oiga. El teniente Mayorquín viaja en el asiento contiguo al del chofer. El destartalado Was no tiene capota y en el asiento de atrás, aferrado al costal que contiene sus pertenencias, el Guatuso va prestando más atención de no caer al camino que de la conversación de los militares. El Guatuso ya no viste uniforme del ejército. Él va vestido de civil. Una camiseta que fue blanca, su viejo jean. El pelo del Guatuso ha cambiado de color, la piel del rostro, de los brazos y del cuello también. Lo cubre una espesa capa de polvo que el trayecto ha cernido sobre su cabello café-rojizo y su piel de cobre. Ensimismado, no ha podido dejar de pensar en que de vuelta en su casa lo esperan la ignominia y la fama de que le gusta jugar "O-A", es decir que coge al derecho y al revés, por atrás y por delante, con la luna y con el sol y que para él, habiendo carne, no hay portillo.

—Si no fuera un pobre diablo, otro gallo me cantara —le había dicho al chofer antes de subir al Was. Recordó los galones amarillos cosidos como bananos de tela en la manga de la camisa verdeoliva del sargento Payán y dijo:

130

—Al menos Payán tiene ese racimo de guineos de dónde agarrarse, y yo ni mierda tengo.

Ahora va camino de las minas de Siuna y Rosita. Allí el Guatuso verá cómo se las arregla para llegar hasta Managua, a través de centenares de kilómetros despoblados, por donde sólo transitan los comandos que se atacan y se contratacan.

—Agárrese bien, jefe, que esa bajadita siempre es peligrosa —dijo el chofer.

—Vos metele toda la pata a ese acelerador.

—Vamos a ciento treinta, jefe.

—Correcto, para que al subir esa maldita cuesta no perdamos juerza.

Poco antes de llegar al plan, una explosión a la orilla del camino distrajo al chofer.

—Seguí a toda verga, hermano —le ordenó el teniente Mayorquín—, que estamos emboscados.

Los disparos llovieron de uno y otro lado del camino. El Was se apartó de la vía sin ningún control. El Guatuso saltó. Rodando llegó a la orilla donde se ocultó detrás de una roca. Los hombres armados —cinco, diez, veinte— vestidos de azul salieron al camino gritando consignas. Una voz se impuso, para decir:

—Hijos de puta, piricuacos. Así vamos a acabar con todos.

Los contrarrevolucionarios revisaron el Was volcado y comprobaron que debajo de su carrocería destartalada yacían los cadáveres de dos miembros del ejército. Buscaron en los alrededores y muy pronto uno de ellos descubrió al Guatuso agazapado detrás de la roca. Con las manos en alto el Guatuso salió al camino apuntado por todos los fusiles y los lanzagranadas.

—Yo soy un civil que pedí raid —dijo nerviosamente—. Voy para mi casa huyendo de esta mierda.

*¡Qué suertero el político, allí está un ordenanza diciendo que se presente al mando!* Estábamos acampados en San Carlos, ocupábamos las casas abandonadas de la ribera. Yo limpiaba los frijoles sobre una mesa en la cocina. Un quintal era mi tarea. Debían estar cocidos para las seis de la tarde. Entre piedritas, restos de escobilla, frijoles picados y otros apachurrados iba haciendo la limpieza. Aparte, en un montoncito, ponía los que irían a la basura. A veces, muchas veces, al barril en el que iba echando los que serían puestos al fogón también caían las piedritas, los restos de escobilla, los frijoles picados y los apachurrados. Flotarían en la sopa carmelita. Al masticar, algunas muelas se romperían. Otras encías quedarían resentidas. *¡Se libró de limpiar todos los frijoles, el político!* Debían estar suaves para la hora de la cena. Los más simpáticos eran los frijoles picados. El perfecto agujero me entretenía pensando sobre cómo podía ser perforado tan bien un frijol sin estropearlo. Aquel agujero, como el de un ojo vaciado, era la entrada al laberinto de un gorgojo que, curioso o guardián, de tarde en tarde asomaba la cabeza. También los gorgojos se cuelan al barril de la comida, pero el fuego purifica todo. Nada más aburrido que limpiar frijoles; y limpiar un quintal para una tropa es realmente una tortura. Si me llamaran del mando para salir en una nueva misión, iría muy contento con tal de librarme de esta horrible limpieza. *¡Aligérese político, que el ordenanza está apurado!* Mendiola quiere verme. Ya leyó el mensaje que le entregué. Seguramente va a decirme cómo han sucedido las cosas aquí. Querrá que grabe su testimonio. Me pondrá en contacto con otros oficiales. Entrevistaré a uno por uno. Transcribiré, corregiré. Voy a editar y luego a presentar los papeles a Mendiola para que él agregue o elimine. Entre la casa de la limpieza de frijoles

y la del mando hay una distancia como de dos kilómetros. Un camino peatonal muy estrecho lleva de la ribera del Wanki hacia la colina donde tiene su casa el mando. Un sendero repasado infinitas veces, cuyo suelo lucio y húmedo fue apisonado por el peso de los animales y de las gentes que vivieron aquí desde el principio de los días. Un camino ahora hollado por una fuerza que vino a proteger un pueblo abandonado de sus pobladores. El camino serpea bajo inmensos árboles, y al volver la vista atrás se ve el hormigueo de soldados en el deshabitado pueblo a las orillas del inmenso río. Mendiola va a decirme algo.

No era el atardecer cuando ya frente a la puerta del comedor se empezaba a formar la fila. El sol apenas comenzaba a ponerse y el color del día aún era muy claro, aunque sin brillo. La temperatura ya no ardía. Del bolsillo de las camisas de los uniformes pendían, plomizas, las cucharas. La cuchara era el bien más preciado. Se llevaba siempre doblada por el mango. Podía faltar todo, pero nunca el arma y la cuchara. Hacia el oeste pasó, atravesando el cielo limpio de nubes, una bandada de loras. Pancho alzó la vista y contempló las múltiples figuras que describía la bandada al separarse o al juntarse, ya fuera ascendiendo o descendiendo en su inusual prisa.

—Van desesperadas a buscar sus guanacastes —dijo Pancho.

—Es que ya es cerca de las cinco —le respondió Apolonia.

Estaban sentados en el pretil del corredor, Pancho entre las piernas de Apolonia, desde donde miraban a los soldados en la fila empujarse uno a otro, reír de las burlas y las bromas sin abandonar su puesto en la línea. La comida nunca se empezaba a repartir antes de las cinco y treinta;

pero siempre los que estaban francos eran los primeros en formarse para esperar. Pancho y Apolonia parecían haber agotado todos los temas y comentaban sobre la rigurosa observancia de los horarios de comida.

—Como dice mi mamá, hom, a comer y a misa sólo una vez se avisa.

—Y no es porque estén apurados por relevar en las postas —rio Apolonia—, sino porque saben que si madrugan comen pechuga.

—Ah no, hom… Saben que al lento ni Dios lo quiere. Si por las postas fuera, estarían lejos —Pancho levantó el brazo, lo dejó tendido apuntando al horizonte.

En la cercanía de la fila rondaba Eudocia murmurando sus interminables rezos. Recogía las astillas de la leña que ella misma había rajado y las guardaba en las grandes bolsas de su pantalón. Su camisa lucía tachonada de medallas religiosas que alternaban con botones de la efigie del Che, de Sandino y de Carlos Fonseca. Del cuello le colgaba un escapulario. Eudocia había perdido mucho peso y lucía muy cansada. Enormes ojeras circundaban sus párpados. Su uniforme sucio y el pelo desgreñado contradecían su antigua nitidez. Ella no prestaba atención a las chanzas de los soldados ni platicaba, como antes, con los políticos. Ella nada más rezaba hundida en su mundo. Apolonia la miró e hizo una mueca con los labios al tiempo que meneaba la cabeza en un gesto de misericordia. Pancho no comentó nada y se apartó de Apolonia, fue al final de la fila. Iba a formarse para esperar; pero se detuvo, volvió la cabeza para donde había quedado Apolonia y dijo:

—Si querés pechuga tenés que venir ya.

No hubo respuesta. A lo mejor sus palabras no llegaron hasta los oídos de ella, que en ese momento saltaba en el aire sacudida por el envión. La fila se disolvió desordenadamente. El ruido de los trastos al chocar entre sí o al caer al suelo en la cocina se expandió hasta el patio. Las hojas de zinc del comedor volaron por los aires. Los peroles que contenían la comida estaban volcados sobre el fogón. Los soldados corrieron en una y otra dirección. El pánico había sentado sus reales en los rostros de los que sorprendidos buscaban la mano invisible que con tanto poder los había puesto fuera de sí. Pancho se quedó paralizado en el sitio desde donde se había dirigido a Apolonia que, también como estatua, se quedó inmóvil con los ojos muy abiertos viendo para dónde corría Eudocia en estampida.

—San Jorge bendito, por qué no detuviste a ese zopilote maldito —desesperada, sosteniéndose las sienes, corrió gritando Eudocia.

La alarma dominó el ambiente. Las sirenas aullaron hasta la desesperación. Esta vez el paso del avión Pájaro Negro, aunque invisible como siempre, pareció a menor altura por la violencia del estruendo. Fue sólo un sacudón, pero de tal magnitud que no hubo quién no se tambaleara, mareado, como si una fuerza gigantesca los hubiera levantado en peso a cada uno y después de sacudirlos los hubiera puesto de cabeza mirando el mundo al revés. Al impacto siguieron las carreras, los empujones y los tropiezos. Cada quien se dirigía a su sitio preestablecido para cuando se activaran planes de emergencia. Los sonidos de la sirena llamaban a la más alta disposición combativa.

Apolonia y Pancho salieron de su congelamiento y se juntaron para verificar los daños en medio de los nerviosos comentarios de los soldados y las cocineras; ellas daban gracias por vestir gruesos pantalones de dril, porque de lo contrario sus pieles se habrían chamuscado con los líquidos calientes que se derramaron sobre sus piernas.

Recogían del suelo los restos de comidas y trataban de restablecer la normalidad en la cocina.

—Este hijueputa zopilote, como dijo la Eudocia, no nos va a dejar ni a sol ni a sombra.

Cuando Pancho terminó de decir la última palabra las mujeres de la cocina y Apolonia estaban buscando con sus miradas en el patio. Pancho leyó en los ojos de Apolonia la preocupación. Todos estaban allí, repuestos del susto y preparándose para lo peor. Los chistes y las bromas sustituían al silencio del miedo inicial. Se distinguían, en las sombras cada vez más densas, las diferentes voces maldiciendo al Pájaro Negro, el más ruidoso y grande avión militar de Estados Unidos que, como un ave de mal agüero, presagiaba la total destrucción y la muerte. Pero no se oía el murmullo de los rezos de la Eudocia.

Mendiola estaba encerrado en un cuarto bastante oscuro que le servía de despacho. Por los muebles y utensilios se podía deducir que aquella había sido la bodega de la hacienda. La casa era de dos pisos, una rareza en la región. En la parte alta quedaban los dormitorios y la sala. Abajo, lo que fue la cocina, el comedor, el comisariato y la bodega. De todas las piezas la más enclaustrada era la que ocupaba Mendiola. En un rincón se levantaba un elevado cilindro de zinc que, seguramente, había sido usado para almacenar granos; en el otro extremo, sobre un banco de madera reposaba un barril de kerosín. En frente de la mesa que servía a Mendiola de escritorio estaban unos estantes, en los que habían sido puestos en filas unos frascos de vidrio debidamente tapados. La escasa luz del cuarto impedía ver qué contenían los frascos.

Con Mendiola estaba el mayor. Detrás de la mesa, sentados en una banca y recargados contra la pared me miraron aparecer en la puerta después que el ordenanza les informó que ya había llegado yo. Cuando vi al mayor me sorprendí, no esperaba encontrarlo allí, le sonreí para saludarlo; pero, muy secamente, me respondió el saludo con la cabeza. El subcomandante Mendiola se inclinó para revisar unos papeles y, sin apartar la vista de ellos, me hizo las preguntas de rigor sobre cómo iba todo, qué tal la pasaba, si me sentía fatigado, si el camino había sido duro y todos esos lugares comunes que se preguntan sin prestar atención a la respuesta. Yo esperaba que me hablara del mensaje que le había entregado; pero él parecía más interesado en el legajo de papeles que tenía sobre la mesa, los cuales apilaba, barajaba y luego acomodaba, para volverlos a desordenar y comenzar de nuevo a reunirlos golpeándolos sobre la mesa, unas veces en sentido vertical y otras horizontalmente. Ninguno de los dos me ofreció asiento, aunque no había ninguno otro más que la banca que ocupaban ellos. Vi que el mayor se esforzaba por contener una sonrisa muy nerviosa y que me evadía. "Aquí hay gato encerrado", pensé; y decidí esperar sin hacer ninguna pregunta, limitándome a responder al subcomandante Mendiola.

Así mantuve mi posición de firme hasta que, pasado mucho tiempo, Mendiola levantó la vista y me ordenó descanso. Se dirigió al mayor y en tono amigable le orientó mostrarme los trofeos que iba ganando en la guerra. Mientras el mayor se levantaba de la silla y se dirigía al fondo de la pieza donde estaba el estante, el subcomandante Mendiola se puso de pie y se acercó a mí. Entonces, palmeándome, dijo:

—¿Así que usted es el famoso Laborío?

—Para servirle, subcomandante…

—… Y tiene como tarea escribir la memoria de este operativo —hizo una pausa y añadió—: qué interesante…

—… Bueno —traté de aclararle—, entiendo que usted me dirá qué es lo que tengo que hacer.

—Así es, amigo —me respondió mientras observaba al mayor que ponía sobre la mesa los frascos que estaban en los estantes.

Eran muchos y el mayor los traía apretados contra su pecho. Yo podía ver la sonrisa en la cara del mayor, que a veces miraba de reojo, con mirada cómplice, al subcomandante, quien —una vez que los frascos estuvieron ordenados en fila— hizo girar hacia arriba el interruptor de la lámpara y una intensa luz blanca bañó de pronto la sala, encandilándome los ojos.

—Acérquese para que se dé una idea de cómo estamos dejando a los cabrones que se atreven a levantarle la mano al ejército —dijo el subcomandante.

Después de haber recuperado la visibilidad deslumbrada y oír el tono jubiloso del militar que con aire radiante me invitaba a ver sus trofeos, quedé viendo al mayor, cuya risa ya no trataba de contener; pero por respuesta recibí una nueva invitación, hecha ahora con un movimiento de la mano, para pasar delante de la mesa. Al acercarme y ver los pares de orejas humanas, contenidas dentro de cada frasco en un líquido transparente, no pude evitar un gesto de repugnancia y espanto. Bruscamente aparté los ojos de aquella macabra colección y quise indagar, en los rostros de los dos hombres, el propósito de su invitación. El subcomandante Mendiola, sin abandonar su orgulloso aire, me dijo:

—Su primera tarea aquí será explicar por escrito el fin que le espera a los cabrones que caigan en mis manos.

El mayor ahora me miraba y mi rostro le provocaba harta risa. Seguramente yo lucía muy pálido y desconcertado.

La noticia de la emboscada al Was y la muerte de Mayorquín y el chofer pusieron a toda la zona en la más completa disposición combativa. Los informes de que por el lado de las minas se movilizaban varias fuerzas de tareas de la Contrarrevolución quedaban plenamente confirmados. Desde muy temprano se mandó peinar la zona; y al no hallar señas del Guatuso se dio por un hecho que había sido secuestrado. La radio estuvo informando sobre la peligrosidad de la situación. Aunque se hacía un llamado a mantener la calma y la confianza en el ejército, se exhortaba a los civiles a no desplazarse a solas en caminos despoblados y a informar cualquier movimiento raro de gente extraña que anduviera por allí con ropa azul. También se informaba que los atacantes habían incendiado una escuela y un centro de salud de la cooperativa agrícola Musún. Entre las víctimas, además de Mayorquín y su chofer, se reportaban cinco milicianos que habían caído defendiéndose del ataque de la Contra. En la carretera, se informaba, había sido encontrado el cadáver descuartizado de una mujer, a quien antes de asesinar habían violado múltiples veces. Se suspendía el tráfico de todo vehículo civil en las carreteras de la zona. El ejército se encargaría de la movilización de los civiles, cuando las condiciones fueran favorables. Nadie que no portara su carné de identidad podría circular libremente por todo el territorio que abarcaba la cordillera Isabelia, las riberas del Wanki, el Puerto de Brackman. Del cerro Kilambé al Cabo de Gracias a Dios quedaban suspendidas las garantías constitucionales. Se declaraba a la región Primera Zona Especial y se restablecía, allí, el estado de sitio.

—Y aquí, a como van las cosas, dentro de poco vamos a tener unos cuantos casamientos —Pinedita caminaba a

139

la par de Boscán. La escuadra iba tendida, a dos metros de distancia un soldado de otro. Husmeaban como sabuesos en el llano iluminado por la luna.

—Máxime que ahora la nueva línea es que todo el mundo debe formar un hogar —le respondió Boscán.

Caminaban muy lento porque, aunque la noche estaba clara, los cuerpos se hundían a cada paso en la arena del llano.

—¡Lo que son los tiempos! Antes decíamos que el matrimonio era una institución burguesa y ahora hay que casarse a verga; pero la que ni parpadeó fue la Juana de Arco, en cuanto vino pescó al teniente —comentó Pinedita levantando pesadamente la bota del pie izquierdo.

El teniente primero Abea vino a hablar con los dos.

—Los perros ya perdieron la pista. Son las nueve y no avanzamos mucho. Este arenal en el que nos metimos no va a dejar que continuemos. Mejor es regresar y mañana vamos a seguir buscando.

—Como usted diga, teniente primero —le contestó Boscán—, pero así como está de enferma, es jodido dejar a esa mujer errando.

—Yo sé, pero tampoco podemos hacer mucho en lo oscuro —repuso el oficial—. Ojalá se haya regresado a la base.

—Ni modo —dijo Pinedita.

—A ver si por allí hallamos algún rastro —dijo el teniente primero Abea marcando un nuevo rumbo para volver al campamento. Buscaba cortar camino y salir pronto del fatigoso llano despoblado de árboles y apenas manchado por las sombras de unas escasas nubes que veloces atravesaban la noche.

—Primero Dios que el otro grupo ya la haya encontrado —se oyó decir a un zapador.

—¿Vas a decir que no has visto sospechosos a Pancho y a la Apolonia? —Pinedita dio una palmada a Boscán y lo empujó un poco para apartarlo del resto de la escuadra.

—Yo creía que sólo yo lo había notado —repuso Boscán— pero también pensé que de repente andaban bien juntitos por razones de trabajo.

—No, qué va. Si a mí la Apolonia me prohibió que le volviera a dar bromas a Pancho con el asunto de la mula —Pinedita sacó su cantimplora, se la llevó a la boca, esperó la respuesta de Boscán—. Así que ahora —continuó— la abandonada es la mulita.

Los dos rieron. Boscán bebió de la cantimplora de Pinedita y a medio tragar dijo:

—Y vos no te hagás el maje, que la Inés del Monte con poco hubiera tenido para arrastrar del pelo a la Fara Penón —tosió varias veces, pero puso oído atento a la respuesta que le daría Pinedita, quien, después de carraspear y levantar con la punta de la bota un montoncito de arena, repuso:

—No, yo a la Inés del Monte la respeto mucho, parala ahí.

—Si no te estoy diciendo que la irrespetés —le respondió Boscán—, pero yo los veo muy inquietos a ustedes dos.

—Pues la verdad… —Pinedita bebió nuevamente de su cantimplora y después de una prolongada pausa, agregó—: para qué te voy a decir que no, si sí. A mí me gusta esa mujer y pienso ir con ella en serio.

Boscán se acomodó el fusil poniéndose la correa sobre la nuca y sosteniendo la culata con la mano derecha y el cañón con la izquierda. Sin hacer ningún énfasis, casi por descuido preguntó:

—Ajá, ¿y a la Fara Penón a dónde la dejaste?

—No, con la Fara Penón nos hicimos muy amigos pero hasta ahí nomás. Ella anda en su rollo y no está interesada en ningún hombre —le respondió Pinedita. Después de un trecho sin decir nada puso de nuevo la mano sobre el hombro de Boscán—. No jodás, a propósito —murmuró—. ¿Sabés el cuento de Artero?

—No, ¿qué le pasó? —susurró Boscán.

Pinedita lanzó una mirada hacia sus flancos. La luz de la luna bañaba borrosamente los cuerpos que avanzaban moviendo las cabezas para uno y otro lado, seguidos de sus sombras. Nadie caminaba cerca de él ni de Boscán. Nadie podría escuchar lo que él iba a decir de Artero.

—Me contó la Fara Penón que un día, en el Palacio de las Convenciones, ella asistía a un seminario al que Artero llegó para decir el discurso de clausura —dijo en murmullos—. Ella estaba sentada entre el público y un escolta se acercó a decirle que Artero necesitaba verla; que si podía visitarla en su suite del hotel. Ella le respondió que por supuesto, porque pensó que se trataba de algo urgente y le dijo que a las ocho de la noche lo esperaba en el Inter. Allí estuvo Artero, en punto, a la hora señalada. El jefe de sus escoltas revisó toda la habitación y después salió dejándolo solo con ella. Artero sacó de su maletín una botella de Chivas Regal y la puso sobre la mesa. Le pidió que trajera dos vasos, pero ella le dijo que bebiera él, que ella tenía contraindicado el whisky. Le acercó un vaso y le ofreció hielo y agua. Artero se sirvió un tanto y después de atravesárselo por el güergüero se pasó el dorso de la mano por los labios y le dijo que se dejaran de rodeos, que ella sabía muy bien a qué había llegado él, que no perdieran más tiempo, porque él tenía mucho que hacer. Se le abalanzó encima tratando de besarla. Con una mano le agarró las chichas y con la otra le apretó una nalga. Ella se puso furiosa y le exigió que se fuera, si no quería que gritara. "Viejo picha floja, hipócrita que hablás de ética y tenés una moral prostibularia", dice que le dijo.

—Humm. ¿Será, hom? —murmuró incrédulo Boscán, siempre reacio a aceptar que los miembros del Coro de Ángeles pudieran comportarse como mortales defectuosos.

—Artero salió furioso con el rabo entre las piernas —continuó Pinedita sin prestar atención a las dudas de su compañero—. Pero lo más risible, dice la Fara, fue que al ratito mandó a su escolta a recoger la botella de Chivas Regal que dejó olvidada —Pinedita sonrió, pero Boscán calló enojado; pensaba que aquello era una habladuría más de las que se hacían circular para desprestigiar a la revolución.

Ahora sí la estamos viendo prieta. Esto está más cabreado de como nos lo imaginábamos. No es como en Managua donde los planes de aviso, cuando dejaron de ser novedad, encolerizaban o hacían reír a la gente. La pobre Eudocia salió en estampida y nadie ha dado señales de ella. Cuando a medianoche activaban el simulacro de plan te hacían salir de tu casa en barajustada. Bueno, salían los que estaban en su casa; porque también aquello sirvió para descubrir a más de uno que dormía fuera con el pretexto de que estaba haciendo oficialía de guardia en su trabajo. Seguramente la Eudocia se fue a pie para su casa, cuando ella se descontrola por ahí le agarra. Lo que a la gente le parecía divertido era vernos pegar la carrera con cara de susto, como si de verdad el país estuviera siendo invadido por la 82 división aerotransportada de Estados Unidos. Era tal el dramatismo que le imprimíamos a los movimientos que las ciudades se convertían en inmensos escenarios en los cuales cada uno de los que se movilizaban actuaba según el rol que previamente le había sido asignado. Aquí los que atacan son los miskitos y los campesinos reclutados por la Contra. Golpean y desaparecen. Vuelven a sus bases en Honduras donde tienen sus campos de entrenamiento, en Yamales. El papel de enlace era el más jodido. Yo por eso dejé de pagar mi teléfono, para que me suspendieran el servicio y así no me volvieran a dar esa horrible tarea. No era chiche que te llamaran a las dos de la mañana y después tuvieras que ir a despertar a todos los compañeros que vivían en tu sector. Ya el SR 71 A, Zopilote, Pájaro Negro o como se llame, también dejó de ser noticia. Actuando de enlace más de una tratada mal me gané de parte de la madre o de la esposa de alguno de los que estaban en mi ruta. Una vez una señora me dijo que nos olvidáramos de tantas pendejadas y dejáramos dormir en paz al pueblo, que bien sabía yo que ni mierda de invasión había, que éramos unos groseros, que no teníamos compasión del prójimo que estaba en su derecho de descansar sin sobresaltos. Aunque las fuerzas navales gringas cuando se pasean frente a las costas no es porque anden dándose un baño de sol. Dice Homero que en su barrio una mujer le tiró al enlace un bacín de orines. Es que muchas veces, cuando uno llegaba a medianoche a tocar la puerta, la gente se hallaba profundamente dormida o a lo mejor estaban echando su segundo polvo. A nadie le gusta que vengan de la calle a despertarte a gritos y a desvelar a toda la familia; porque salían a la puerta la abuela, el tío y los niños a integrarse al sociodrama interpretando el rol de los que en la tragedia despiden al guerrero. Lo peligroso sería que la Eudocia topara con esas bandas de la Contra que andan sueltas matando y secuestrando. Después que contactabas a quienes te correspondía, los llevabas en tu vehículo al puesto de mando en donde cada uno de los enlaces tenía que reportar al oficial de guardia los incidentes ocurridos desde el momento en que recibiste la llamada. El ayudante del oficial tomaba nota de todos los pormenores y había unos enlaces tan noveleros que incluso informaban del número de baches y de gatos negros que habían esquivado en el camino. El oficial de guardia comprobaba que todos los que aparecían en la lista del sobre sellado —que había roto cuando recibió, sepa Dios de parte de quién, la orden de activar el plan— estuvieran presentes. Si alguno no estaba, además de que lo sancionaban en el trabajo con una amonestación pública y el castigo de hacer oficialía en domingo o días de fiesta, sufría el descrédito por andar durmiendo en cama ajena o amanecer borracho en otro lado. Son los tiempos de guerra. Es que si una fuerza de tarea de la Contrarrevolución la encuentra vestida con el uniforme del ejército no la va a dejar ni para contar el cuento, a la pobre Eudocia. Tenías que reportar al puesto de mando todos los movimientos que hicieras fuera de las horas laborales. No, si la gente tenía razón de arrecharse con nosotros. Cercados militarmente por Estados Unidos sería de pendejos no prepararse para lo peor, decían con mucha gravedad los más crédulos. ¡La alharaca que se armaba en las madrugadas con el ir y venir de la gente en las calles! Los gritos. Los niños llorando. Los insultos desde las casas de los vecinos descontentos con la revolución. Los motores de los autos que no querían encender. Era una zarabanda completa. Para qué, si se hace más bulla cuando se imagina algo que cuando realmente sucede; entonces es un solo sopapo el que se recibe que no te queda tiempo ni siquiera de decir: Ay mamita linda, ahora si ya me jodí. Los reservistas eran llamados a sus batallones, los empleados a sus ministerios, los obreros a sus fábricas, nada más para que cuando llegaran al puesto de mando y se presentaran ante el oficial de guardia éste, después de verificar que todo el mundo había sido sacado de su cama, informara por teléfono que pese a uno que otro inconveniente las cosas habían salido conforme con las directrices que aparecían en el plan que encontró dentro del sobre sellado. El guion de la puesta en escena, claro. Luego, cada quien era despachado para su casa con la advertencia de presentarse en la mañana a la hora acostumbrada a su puesto de trabajo. Pero la Eudocia conoce los viejos caminos por donde más de una vez ha cruzado. Ya cuando uno iba llegando a su casa la gente normal salía de ellas, lista para un nuevo día, y nos quedaba viendo como se mira a los locos que viven en un mundo ajeno a la realidad o a los actores que representan la tragicomedia que otro imagina. Con semblante malhumorado nos miraban, ya por último. La mujer con el escapulario en el pecho y la camisa verde olivo llena de medallas no puede ser otra que la Eudocia. Aquí la guerra no necesita planes de aviso ni gringos de la 82 división aerotransportada. Golpea y mata sin anunciarse. La Eudocia fue la mujer que esos hijueputas violaron antes de asesinar, no me equivoco; qué culpa tenía la pobre demente.

La caravana se detuvo en medio de la calle principal. Las bocinas comenzaron a sonar y de los Toyotas Land Cruisser bajaron presurosos los escoltas. Los policías lidiaban con la gente para que se alineara en la acera alta, junto a la pared del expendio. Unos muchachos se pegaban a los vidrios ahumados de los vehículos tratando de identificar a los ocupantes. Hubo forcejeos y empellones. Algunas señoras, de mala gana, obedecieron y comenzaron a subir la gradería que conducía a la acera alta.

—Digamos pues —reclamó una mujer canosa plantada en mitad de la calle— si siempre la fila la hemos hecho aquí abajo, ¿por qué ahora nos quieren encaramar allá arriba?

—Para que le den paso a los vehículos —le explicó enérgicamente un policía.

—Para la mierda que uno viene a sacar, es mucha la jodedera —gritó la mujer del pelo cano poniendo las manos sobre las caderas.

—No sea relaja, señora, coopere —le pidió un escolta—. Hágase a la acera que la van a atropellar.

—Eso era lo que me faltaba, que además me amenazaran con atropellarme —suspiró la mujer llevándose las manos al pecho.

—Nadie la está amenazando, señora —dijo un hombre que ya estaba haciendo cola en la acera—, simplemente lo que ellos quieren es que le den paso a los vehículos.

Del tragaluz del expendio colgaba una pizarra negra que anunciaba la ración de productos que correspondían a cada familia esa semana: cinco libras de frijoles y cinco de arroz, dos tacos de jabón de lavar ropa, uno de lavar trastos, medio litro de aceite, dos libras de azúcar negra y dos pilas para radio. SÓLO SE ATIENDE LOS MARTES, se leía al pie del aviso. El expendio informaba que abría a las siete, pero regularmente atendía después de las nueve de la mañana y a esa hora la multitud innumerable se disputaba un puesto en la fila.

—Bonito está, que uno tenga que incomodarse para darle paso a esos pendejos —ripostó la mujer del pelo blanco anudándose un pañuelo en la cabeza—. Lo que soy yo no me subo a ese barranco para no descachimbarme.

—Vela —intervino nuevamente el hombre que hacía fila en la acera— si además es una gran relaja la jodida vieja.

—Ej —lo encaró la mujer alzando el brazo—, vieja es la que te cuelga y sólo para mear te sirve.

La gente que la oyó se puso a reír admirada de la rápida y procaz respuesta de la señora; pero ella, haciéndose la indignada, peló los ojos y con un movimiento airoso levantó el fondillo y comenzó a subir las gradas de la acera, llevando en alto la cabeza con donaire.

—Bueno, compañeros, ya dejen de pelear y háganse a un lado, aunque no se suban a la acera —pidió un oficial de policía que se había abierto paso en el tumulto.

La mayoría obedeció aunque de mala gana, pero fue haciéndose a la orilla para subir los escalones, alentada porque las puertas del expendio se abrieron milagrosamente y porque, además, vieron que la del pelo blanco ya estaba adentro, como quien no quiebra un plato, esperando su turno para que le midieran la ración de aceite.

Unas mujeres, con sus palanganas apoyadas contra la cintura, arremangaban a sus hijos para que no fueran atropellados por los vehículos; otras protestaban a los policías que las querían apartar de la ruta de la caravana; ellas decían que simplemente querían decirle adiós a los compañeros. Era sabido en el pueblo que en esos lujosos vehículos nuevos sólo viajaban los miembros del Comité.

—Ahí van los holandeses —gritó un hombre vestido con camisa de miliciano y pantalón jean desde su lugar, arriba, en la fila.

—Son los del Comité —protestó una muchacha que estaba abajo, en la calle.

—¿Por qué les decís holandeses? —preguntó otra que daba de mamar a un tierno.

—Porque o la andan cagando aquí o la andan cagando allá —se rio el de la camisa de miliciano y su risa contagió a toda la gente de la fila que así se distendió.

Los motores de los relucientes vehículos Toyota rugían insistentes. La hilera de automóviles cubría dos cuadras de la calle y sus choferes expresaban la desesperación apretando el acelerador. A la gente de la fila ahora se agregaban los curiosos que desembocaban de otras calles para ver qué era lo que estaba pasando, porque el alboroto era cada vez mayor. Asomadas a las puertas de sus casas las familias vecinas sacaron sillas a las aceras y se pusieron a contemplar el espectáculo inusual de automóviles embotellados.

La caravana motorizada de Toyotas Land Cruisser desfiló lentamente frente al gentío. Los vidrios ahumados de las ventanillas permanecían subidos. En la punta sólo viajaban los escoltas y los choferes. Al pasar frente al expendio los automóviles del medio lo hicieron lentamente con los vidrios bajos para saludar al pueblo. En el vehículo del coronel Pulido viajaban con él, Digna, Narciso Pavón, Orestes y Buenaventura. Cuando la gente de la fila los reconoció se armó un gran barullo.

—Vengan a hacer fila aquí para que sepan lo que se harta el pueblo —gritó un hombre de unos cincuenta años levantando en peso su magra ración semanal.

Olinto Pulido aceleró el vehículo y rápidamente se retiró del sitio. Detrás, en el Toyota de Juana de Arco, iban además de Homero, Pinedita, Pancho, la Inés del Monte, Boscán y Apolonia. Sin bajar su vidrio, y abrigada con un chal para protegerse del frío producido por el aire acondicionado, Juana de Arco exclamó:

—¡Me fascinan las filas!

—Claro, como vos nunca las hacés —la interrumpió Pinedita.

—Ahórrate tu sarcasmo, niño. Esperá a oír a la gente antes de clavarle tu colmillo —protestó airada Juana de Arco—. Si digo que me fascinan es porque si hay fila quiere decir que algo hay que distribuir.

—Pues amorcito, yo no le veo nada de fascinante al hecho de que la gente tenga que asolearse para pagar la miserable ración que le asignamos —le respondió Pinedita.

—Claro que hacemos fila, verdad Juanita —se burló Homero—, que cada mes nos vemos en Managua en la diplotienda, donde los cuadros de alto nivel compramos en dólares los productos gringos.

Enojada, Juana de Arco apartó una mano del volante y subió el sonido del estéreo. Apolonia y Pancho, distraídos, miraban hacia donde alguna gente, con cara de pocos amigos, veía el paso de la caravana y otros, con evidente simpatía, saludaban levantando las manos o sus palanganas. A Boscán le desagradaba el rumbo que había seguido la conversación y no pudo ocultar su enojo. Iba serio y en silencio. Inés del Monte hizo una mueca a Homero conminándolo a no hablar más; pero Pinedita leyó en voz alta la pinta que, en la pared opuesta al expendio, decía:

ANTES COMÍAMOS MIERDA
Y AHORA NI MIERDA COMEMOS

A la oficina de reclutamiento de Cristo del Rosario llega un tren de travestis acompañados de sus padres. Este cabrón Zopilote sólo ha venido a asustarle los frijoles a la pobre gente. Al Guatuso lo metieron en ese berenjenal por pura carambola. Dicen que en tiempos de guerra no sirve ni para el hígado ni para el bazo, cuando están haciendo los preparativos es que lo mandan a sobrevolar los territorios enemigos. El pleito era entre el subteniente

150

Maradiaga y el sargento Payán. Su misión es de reconocimiento, no de ataque. ¿Cuál era el placer del teniente primero Abea de exhibir al Guatuso y al sargento ante la tropa? El Zopilote pasa fotografiando el territorio nacional. Ésas no son cosas de Abea, son las reglas del ejército. A mí me clasificaron como *cuadro V* en el escalafón de Pinedita, vete de aquí a escribir esa mierda que no te queremos por los contornos. Según dicen ni siquiera lleva armamento, pero es uno de los más precisos de la fuerza aérea gringa. A güevo mandaron al Guatuso al lado del enemigo. El perro manda al gato y el gato a su garabato. Pasa el Zopilote y la Contra golpea y recula. *Songo le dio a Borondongo, Borondongo le dio a Bernabé, Bernabé le pegó a Muchilanga, le echó Burundanga le hincha los pies, Monina y Songo le dio a Borondongo...* El coronel le pidió al subcomandante que le dijera al mayor que fuera donde el capitán para que el teniente primero le solicitara un cebo al teniente y éste le consultó al subteniente, quien vio la hora de cobrarle la factura al sargento porque ya no quería seguir viviendo con su hermana y de paso se llevaron en el saco al Guatuso que no era más que un soldado haciendo guardia esa noche. Los travestis no eran tales y se libraron del servicio militar. No es para utilizarlas en tarjetas postales que mandaron al Zopilote a sacar fotografías. Los cabrones querían impresionarme con las orejas envasadas. Busca objetivos militares, no paisajes del trópico ni sus múltiples tonos de verde. Puede ser que el Guatuso esté secuestrado, pero también puede ser que lo recluten y se quede peleando con ellos.

—Como los disfrazamos de maricones nos los rechazaron —se carcajeaban las mamás y los papás— y así pudimos mandarlos a Miami.

151

Nabucodonosor detesta a Artero, Artero a Lalo Chanel, Lalo Chanel no soporta a Afrodisio y Afrodisio se hace de la vista gorda ante Desiderio que revisa cada noche la edición del periódico para contar las veces que aparece mencionado, mientras la Virgenza fabrica nuevos enemigos, insufla rencores olvidados y nadie le dice chitón para no espantar el mosquero… Un zopilote cruza el azul celeste husmeando el hedor de una vaca muerta.

En la radio, José Luis Perales se mantenía en primer lugar. A cualquier hora, pero especialmente durante los programas de complacencia musical, el controlista ponía el disco con la canción: *Y ¿cómo es él*. En el baño, en las filas, en las caminatas y en las horas de descanso, los técnicos, los enfermeros, los ingenieros, los médicos, los reclutas… ¿Quién no la cantaba? Algunas veces a voz en cuello y otras apenas murmurada se oía dondequiera el destemplado interrogatorio:

> *Y ¿cómo es él?*
> *¿en qué lugar se enamoró de ti?*
> *¿de dónde es?*
> *¿A qué dedica el tiempo libre?*
> *Pregúntale*
> *¿por qué ha robado*
> *un trozo de mi vida?*
> *Es un ladrón*
> *que me ha robado todo.*

Aunque con el tono de sorna que lo hacían trataban de disimular lo mucho que les preocupaba la posibilidad de haber sido sustituidos, después de tantos meses de ausencia, en los afectos de su novia, esposa o concubina.

LA ESPERANZA DEL MOVILIZADO SON LOS CUERNOS, decía un grafiti en las tablas del excusado de la base militar de Kambla y a esa realidad se resistían, confiados en que a cualquiera sí, pero a ellos nunca podría sucederles semejante infamia.

Radio Tronquera combinaba su *Hit Parade* musical con informaciones rápidas del país y el mundo. A las tres de la tarde, mientras ponía en orden mis apuntes, yo escuchaba y repetía mecánicamente las preguntas de Perales, que abruptamente fueron interrumpidas para dar paso a una información de la agencia noticiosa Latin Reuter: "Desde Teherán, capital de Irán, se anuncia que la crisis energética de Nicaragua será en gran parte aliviada, gracias a la donación de petróleo que por un año se ha comprometido a hacer el ayatola Jomeini. Esta importante noticia se dio a conocer al término de la visita que le hiciera al líder religioso musulmán, el poeta y sacerdote católico Ernesto Cardenal que, en nombre del pueblo y gobierno del país centroamericano, viajó hasta el oriente, exclusivamente a solicitar ayuda".

Así se abrió la puerta a la esperanza de reanudar los vuelos comerciales entre el Pacífico y el Atlántico. El transporte urbano e interurbano volvería a ser normal. Se podrían echar a andar las paralizadas plantas industriales. Las emisoras de radio y televisión dispondrían de más de cuatro horas diarias para hacer sus transmisiones. La zafra azucarera estaba garantizada. El algodón sería fumigado y la cosecha del café no sufriría mayores retrasos. En las oficinas y hogares se dispondría del fluido eléctrico durante más horas al día y el alumbrado público sería apagado después de las diez de la noche.

—¡Auuuhhh! —exclamó el locutor— las cosas serán dentro de poco menos negras.

153

En el vestíbulo del instituto su director recibe a todos los que han sido convocados por el Comité. El anfitrión mismo fue llamado a participar. Ya cada uno ocupa su pupitre. La asamblea se pone de pie. Entra Orestes y da la mano al director, Juana de Arco le sonríe, Buenaventura mueve la cabeza, Digna le da un beso en la mejilla. El director sonríe complacido de tener el honor de recibir en su escuela a los principales cuadros. Hay un momento de expectación. Buenaventura, Juana de Arco, Orestes y Digna se han colocado en sus sitios en la tarima. Todo el auditorio está mirando hacia la puerta para ver quién es el próximo que viene. El vacío se llena con la consigna gritada a voces: "No pasarán no pasarán no pasarán no pasarán no pasarán", cuando en eso aparece sonriendo Narciso Pavón. También sonriendo, el director se adelanta a recibirlo. Narciso Pavón marca el paso con el balanceo de su voluminoso y reducido cuerpo, una mano descansando en la protuberancia del abdomen y la cara llena de acné lo suficientemente erguida para que todos puedan contemplarla. Pasa de paso sin atender el saludo del director que queda frente al público con la mano tendida al vacío. Narciso Pavón avanza hacia el centro de la mesa desde donde presidirá la sesión en la que Orestes hará las explicaciones políticas, Buenaventura expondrá el nuevo plan de racionamiento de recursos, Digna leerá las normas de vida que redactó con Narciso y Juana de Arco explicará el plan de propaganda de la Jornada Kupia Kumi. Narciso Pavón, como un pontífice, desde su sitial levanta su regordeta mano para ordenar sentarse. Aprovechando el murmullo y el ruido de las sillas arrastradas, Pinedita se acerca a Inés del Monte para decirle:

—¿Viste al hijueputa? Fue incapaz de saludar al director.

—¿Y desde cuándo suponés que un cuadro de su nivel se va a rebajar dándole la mano a un pobre maitro de escuela? —le respondió Inés del Monte.

Los concurrentes pronto se hundieron en la somnolencia oyendo a los expositores. Los miskitos que ocupaban alguna posición política de relevancia allí estaban con semblante aburrido. Todos los discursos eran dichos en español. Algunos hispanohablantes tomaban apuntes en su cuaderno de notas. Homero y Boscán no podían ocultar su hastío, Pancho y Apolonia en el fondo del salón intercambiaban papelitos. Cuando Digna, que era la última que hablaría en la mañana, se paró en el pódium, la asamblea comenzó a despertar. Habló de las conductas prohibidas entre las fuerzas de la revolución. No decirle nunca "guardia" a un miembro del ejército, porque eso evocaba a la Guardia Nacional, el ejército de la dictadura somocista. Para comenzar a dar el ejemplo, el Comité acordaba retirarle a Inés del Monte la vivienda que se le había asignado; esto, por su desobediencia a los mandos militares durante la evacuación del río. Hubo un silencio profundo y la rigidez se impuso en cada uno de los que ocupaban los pupitres. Nadie apartó su mirada del presídium. A Pinedita, por su constante irrespeto a los compañeros dirigentes, se le impedía el acceso a la sede del Comité, así como dirigirles la palabra a sus miembros por el término de un mes.

—Huy, que miedo —murmuró Pinedita y los rumores se levantaron en el auditorio.

Narciso Pavón golpeó la mesa llamando al orden y Digna continuó:

—A Laborío, para que se eduque en la humildad, se le reducirá su sueldo de seis mil córdobas, que ganaba en

155

Managua, a quinientos, que es el sueldo de un abnegado activista del partido en esta zona; porque aquí no hay privilegios para los que se dan ínfulas de intelectuales.

—Te están rebajando los humos de escritor de memorias —se burló de mí Homero.

Aturdido, pude observar que el pavor se adueñó del vestíbulo. El mediodía ardiente bañaba de sudor a los que allí estaban. La asamblea se dispuso a esperar la parte que le tocaba a cada quien en el fin de esa mañana negra. A Homero, por propalar comentarios contrarrevolucionarios, se le retiraba la militancia y quedaba suspendido su permiso de viajar a Managua a reunirse con su esposa.

—Te están cobrando tu incontinencia, cabrón —le dije a Homero en desquite por su sarcasmo.

—Esa jodida está loca si piensa que me la voy a coger otra vez —me contestó entre dientes.

En medio de la tensión reinante, Digna fustigó a quienes no tenían un estado civil claro.

—No se puede seguir tolerando el concubinato —dijo.

—Pues que comience por cerrar sus piernas —murmuró Inés del Monte.

—No niña, esa factura tiene nombre propio —le contestó Apolonia con mala leche—, quiere que la Juana de Arco se case con el teniente, para sacarla del camino de los oficiales de alta graduación.

Leyó una lista de los varones casados para que las compañeras estuvieran al tanto de que con ellos no podrían establecer relaciones afectivas, porque sus esposas muy pronto vendrían a Brackman. Nombró a las parejas que debían disolverse por estar unidas indebidamente. Informó de aquellos que siendo casados habían sido vistos con otras mujeres. El revuelo en la sala fue tal que Digna tuvo que pedir, a gritos, silencio para que la dejaran terminar, lo cual no fue posible porque allí estaban muchos de los aludidos que, azorados, se convirtieron en el blanco no sólo de las miradas de los curiosos sino de la furia de sus cónyuges que, por ese inusual medio, se enteraban de que estaban siendo engañadas. Más de uno, con asombro, vino a darse cuenta de que ser infiel no era una originalidad suya porque también su mujer se las estaba pegando. Finalmente, Digna logró imponer su voz para decir que se orientaba de manera obligatoria que todos los amancebados legalizaran o disolvieran su unión.

—Es que sin el poder no se puede realizar la redención de los humildes —repite Boscán—. Sí, los hay que lo utilizan para su enriquecimiento personal y sólo les basta saberse jefes de innumerables subalternos para olvidarse de lo principal; pero fuera de él es imposible cumplir nuestra misión histórica —predica convencido.

La preservación del poder es más importante que los matices que diferencian a los grupos que lo ejercen. La mayor preocupación de Artero es su trascendencia en la historia, con razón dice Lalo Chanel que desde treinta años antes del derrocamiento de la dictadura, Artero tenía preparado el discurso que diría cuando entrara a Managua con las fuerzas victoriosas. En cambio, Nabucodonosor y Desiderio se han preocupado por el control absoluto del Estado y a la vez han permitido que sus allegados se enriquezcan. *Como el príncipe, hom, saben que es mejor sobar al perro que los lame que dejarlo abandonado.* Artero tampoco ha descuidado su enriquecimiento personal; *pero exclusivamente para él, sin compartir nada con nadie.* Por eso como aves de rapiña, como zopilotes, convierten lo que tocan en una tasajera. Lalo Chanel, muy fino él, se mandó a construir un club privado para divertirse con sus conmilitones, aunque su plata líquida la puso en Suiza. ¿Y Afrodisio? *De Afrodisio se dicen tantas cosas que no se sabe qué decir.* Así que no, Boscán no abandonará los alrededores del poder, porque si no cómo justificaría su razón de ser: vivir para liberar a los oprimidos de la explotación capitalista. Sin poder y sin riqueza no se logra la transformación social. *Malpensados que somos nosotros, como que no estamos viendo que el Coro de Ángeles acumula capital para financiar la transformación social.* La Apolonia piensa que todavía hay remedio contra la corrupción y los malos manejos. Ya los tiempos en que estudiar, casarse, tener una carrera, formar un hogar eran expresión de una conciencia individualista, pasaron a la historia. En estos tiempos la entrega a la causa es de otra manera. Hoy el poder impone un estado civil nuevo, una posición económica distinta, por eso Nabucodonosor dijo que el poder no sólo hay que ejercerlo sino ostentarlo. Postularse para elevar el nivel académico sí sigue siendo visto como una desviación. El director del instituto después de recibir la aceptación de la Universidad de La Habana para estudiar el doctorado renunció a su cargo, pero un día antes del viaje la Juana de Arco y la Digna lo llamaron y le dijeron que si se iba perdía todos sus derechos laborales y que en su expediente partidario quedaría manchado como desertor y cobarde. La Digna pronto va a casarse, no importa con quién, de todos modos en las tropas no falta uno que quiera subir un peldaño; el coronel Pulido anda apurado buscando a alguien para que le maneje la concesión maderera que le dieron junto al río; Narciso Pavón, más bayunco él, presta dinero al doce por ciento por interpósita mano en los mercados de Managua, y aparenta ser feliz viviendo con su misma mujer y cogiéndose a la que se descuida; Buenaventura celebra cada año una comilona a la que invita a sus parientes pobres para regalarles la ropa usada. *Hay que pulir a los desgraciados, hom.* Éstas son las verdades en que debemos creer y las que hay que defender para que prevalezca el sentido de estabilidad, de seriedad y la razón de nuestro cometido histórico. *Y para qué estudiar, leer o pensar si lo único que hay que hacer es esperar la orden de arriba para obedecer y actuar.* Éste es nuestro orden social, nosotros somos la clase gobernante.

—Sólo será bien vista en la corte la gente que tenga recursos en los tiempos difíciles —recita Homero—. Qué horrible ser serio y sensato, siempre recatado, siempre temiendo equivocarse, alejado de la vida, de los que se equivocan y son ignorantes, de los humanos que no han perdido el sentido primario de los juegos. No, la verdad es que los locos que no queremos ponernos la máscara de la seriedad que impone el poder no tenemos ningún rol en esta farsa.

—Fuera del poder es imposible que podamos contribuir a la redención de los humildes —insiste Boscán.

—¿Pero quién dice —chacotea Pinedita— que los humildes quieren la redención que tenemos en oferta?

—Éste es un abuso y una falta de respeto —comentó Apolonia cuando Pancho salió de donde Digna, quien después de aludir a los rumores sobre la mula y él, le comunicó que se le privaría de la bestia como medio de carga.

—¿Pero cuando nos atropelló a los demás te quedaste con la boca cerrada? —le reclamó Inés del Monte.

—Yo en este momento estoy defendiendo a mi hombre de una calumnia —la encaró Apolonia.

—Sí, pero no sólo él ha sido calumniado, también nosotros —le respondió Homero.

159

—Lo que pasa es que hemos llegado demasiado lejos con tanta mordacidad —respiró profundo, se limpió las lágrimas Apolonia—. No promuevo ni apoyo la crítica anárquica. Así que nadie espere que me vuelva en contra de la organización.

—No se trata de volverse en contra de la organización —repuso Pinedita— sino de salvarla.

—Sé que las medidas tomadas por el Comité no son las más sabias, pero en lugar de criticar destructivamente a los compañeros —resolló Apolonia—, pienso que hay que ayudarles a reconocer las fallas.

—Yo pienso que en este caso —cogió aire, titubeó Inés del Monte— el remedio sólo se logra si los quitan a ellos y ponen en su lugar gente de otra calidad.

—Su calidad —ripostó Apolonia— es la misma de todos nosotros. Éste es el elemento humano con que cuenta la revolución y con él tenemos que convivir.

—Yo creo —dijo Inés— que hay miles como vos para quienes la honestidad no se ha vuelto anacrónica.

—Apolonia, es que si las cosas siguen así, este barco se va hundir —murmuró Pinedita.

—Pues si se hunde, yo me voy a hundir con él —dijo fuera de sí Apolonia.

—¡Lo que nos faltaba —exclamó Homero—, que los cuervos nos dejaran, además de sordos y mudos, ciegos!

*Los dioses ordenaron partir… y partimos.*

Francisco Pérez Estrada

El acercamiento con los miskitos iba viento en popa, principalmente con las mujeres, los ancianos y los niños, porque los hombres no habían hecho mucho caso a los llamados de repatriación y la gran mayoría continuaba en la otra margen del río, en Honduras, desde donde incursionaban en las fuerzas de tarea de la Contra. Atacaban y regresaban a sus bases huyendo de la respuesta del ejército que tenía desplegados miles de hombres y armas de todo alcance.

Para fortalecer los vínculos de los habitantes de todo el país con los de la gente del Atlántico, el Coro de Ángeles había echado a andar la idea original de Alí Alá, el festival Kupia Kumi. En las ciudades de ambas costas y en las del norte del país se desplegaron inmensos rótulos llamando a la población a presentar muestras de la cultura de cada región. Un festival de cocina criolla, indígena, mestiza; los bailes de marimbas de Masaya, las mazurcas del norte; el Palo de Mayo del Atlántico; un festival de canto, música, poesía y danza. Una feria artesanal.

Se seleccionaría lo mejor de cada región para presentarlo en la fiesta de mayo en Brackman. En miskito, en español, en inglés, en mayagna, garífuna y rama se leía por todo el territorio nacional: "KUPIA KUMI: UN SOLO CORAZÓN". La nación multiétnica, plurilingüe, unida en sus diferencias culturales sería capaz de demostrar que no quería la guerra sino la paz.

La jornada final del Kupia Kumi se abrió con la muestra de teatro. Una semana entera de representaciones de la más diversa índole. La comunidad miskita, en asamblea de sus líderes culturales, acordó llevar a las tablas la *Leyenda de Cotón Azul*. Cada comunidad haría una propuesta de representación y mediante eliminatorias se determinaría la que por su calidad debía ser puesta en escena durante el festival. Se pidió asesoría de la capital y muy pronto llegaron a Brackman escenógrafos, dramaturgos, directores, sonidistas, coreógrafos, maquillistas y todo cuanto hay.

El dramaturgo Rolando Steiner, luego de su rotundo éxito en New York City con su obra *La Pasión de Elena*, se trasladó a Brackman y organizó talleres de adaptación teatral a los que se hicieron presentes jóvenes escritores del Atlántico, con los cuales se organizó un concurso para seleccionar las mejores versiones de Cotón Azul. El grupo Risa y Llanto, luego de conseguir —con la influencia de Virgenza Fierro— que se le exonerara de someterse a concurso, montó su propia adaptación infantil de la historia de la princesa Lakia rescatada por el noble Cotón Azul. Era conmovedor ver el énfasis ingenuo conque recitaban sus parlamentos los actores y actrices cuarentones que, disfrazados con trajes inspirados en las fábulas de Walt Disney, se esforzaban por hablar como niños ante un auditorio de adultos; porque los pequeños, después de reírse un rato de las gracejadas introducidas al melodrama, se durmieron sobre los regazos de sus padres, pues no entendían nada de las octavillas declamadas, ya que siendo de Managua, el elenco de Risa y Llanto hizo su interpretación en español y con el tono de las radionovelas de los años cincuenta.

En las calles de Brackman, alrededor del cine principal, que se había acondicionado como teatro, era frecuente ver el revuelo de teatristas que competían por la mejor interpretación del rapto y liberación de la hija del *wista tara* Albriska a manos de la ligua. Entre ellos se vio a un elocuente director que, a pesar de sus rasgos arios, proclamaba ser nieto de una indígena matagalpina; este afamado hombre de refulgentes ojos claros, ademanes resueltos, verbo rotundo y sagaz, se personó para asesorar a los directores y les dio seminarios de distanciamiento, coro neutro y expresión corporal, organizó charlas y ejercicios sobre el método de concentración de Stanislavski, habló de Harold Pinter e hizo demostraciones de la efectividad del teatro de Bertolt Brecht. Todos los jóvenes y las muchachas querían estar con él, y le llamaban el Barón de Praga, como era conocido de norte a sur y de costa a costa; y se hizo notar tan luego llegó a Brackman, porque siempre en los descansos presidía mesas de discusión en el Café Nixtayolero, a donde llegaba todas las tardes seguido de sus discípulos, que caminaban despacio por las calles, al paso del maestro, que en esos días cojeaba con prestancia a causa de una caída fuera de escena.

La pasión que se levantó con la presencia del Barón de Praga fue insospechada; pues mientras él proclamaba la necesidad de restaurar los valores culturales de las etnias, invocando su filosofía natural y hacía trámites para que una buyé o chaman de Laguna de Perlas consultara en sueños a los espíritus de los ancestros si autorizaban celebrar un *Dügü,* ritual garífuna también conocido como *Walagallo,* en el que se invocara el espíritu de los ancestros para curar los males de la comunidad o las enfermedades de un individuo, los así llamados occidentales, que provenían de la región del Pacífico, volvían por los fueros racionalistas de la civilización que trajo Europa.

165

Uno de los grupos representó la historia de Cotón Azul inspirado en la prédica del Barón de Praga y aquí explotó la bomba que desde el principio se vio amenazar el tranquilo curso del festival de teatro. Cuando a los acordes de la melopea de Cotón Azul, la ligua o sirena emergió de los remolinos de agua con la princesa Lakia, Cotón Azul se levantó de su barca completamente desnudo dejando al aire su prominente miembro viril y avanzó hasta el proscenio donde acogió en sus brazos a la desnuda Lakia, cuya bella figura de protuberantes senos, caderas redondeadas y estrecha cintura, quedó expuesta al público. Los asistentes indígenas no reaccionaron, para ellos la desnudez era lo natural. Los jóvenes movilizados de otras regiones, militares y civiles que ocupaban las butacas y que se amontonaban en los pasillos del cine-teatro, deliraban y rompían en aplausos estruendosos y silbidos de consagración. La gente de Brackman pidió que se repitieran las presentaciones de la versión desnuda; así que hubo de hacerse una nueva programación, porque de todas las comunidades los miskitos venían a verla; y los contingentes de soldados se inquietaban peligrosamente para ir a ver la sonada pieza. De manera que se les prometió que el grupo sería llevado a todas las unidades militares, luego de que pasara el Kupia Kumi; pero el despechado elenco del grupo Risa y Llanto, cuyo montaje fue puesto sólo una vez, dijo que aquélla era una inmoralidad, y que todo era un ardid del degenerado Barón de Praga, que inducía a los jóvenes a mostrar sus vergüenzas en público.

En su protesta, el grupo Risa y Llanto contó con el apoyo de Sol Peralta, actriz, invariablemente ataviada de faldones negros y cabellera aprisionada en una redecilla salpicada de lentejuelas, quien con su cuerpo espectral y la voz de solterona de correccional, horripilaba y metía en miedo a los niños que asustados corrían a esconderse si la miraban venir. Presidía la Moral Escénica, organización auspiciada por Virgenza Fierro para censurar las obras que por su contenido político y moral no podían ser representadas en las primeras salas del país. A Brackman había viajado Sol Peralta, más que a ejercer su oficio de censora, a infundir temor entre los grupos para que no se olvidaran de que el Kupia Kumi no debía verse como un pretexto para relajar los cánones establecidos. Así que ella fue invitada, de manera oficial, para dar charlas de teatro. Sus conferencias versaron sobre las unidades de acción, tiempo y lugar, atribuidas a la *Poética*, de Aristóteles.

—Para ella —decía riendo despiadadamente Rolando Steiner— *El arte nuevo de hacer comedia en este tiempo*, escrito por Lope de Vega en 1609, es una herejía inadmisible en teatro.

En su airada protesta por la desnudez de Lakia y de Cotón Azul, Sol Peralta alegó que ella sentía que la habían obligado a verle la horrorosa cosa a un negro miskito; y que el teatro debía servir para exaltar virtudes y no los adefesios de la naturaleza. Nunca fue posible que la señora comprendiera que lo que era escandaloso en el Pacífico no lo era necesariamente allí, donde las mujeres ni siquiera usaban blusas y por lo cual sus senos los llevaban siempre a la intemperie.

—Pero es que alguien tiene que enseñar aquí buenas costumbres —contratacaba ella.

Perseverantes, Sol Peralta y el grupo Risa y Llanto amenazaron con quejarse ante Virgenza Fierro. Pero nadie se atemorizó esta vez. Virgenza aún no llegaba de la capital y por el Coro de Ángeles, en Brackman, sólo se hallaba Afrodisio, quien se reía divertido por las encendidas filípicas de doña Sol, como respetuosamente la llamaban sus discípulos de Risa y Llanto. En el hotelito, donde la indignada señora aristotélica se hospedaba, amaneció colgada una pancarta en la que se leía:

ABAJO EL PRE-LOPISMO

La señora se quejó ante las autoridades civiles y militares de Brackman; dijo que aquello no podía ser si no una patraña urdida por Rolando Steiner, que así se confabulaba con el Barón de Praga empecinados como estaban en contaminar el teatro y a las nuevas generaciones de artistas de sus perversas y bausanas doctrinas. Resuelta, Sol Peralta decidió ir a la sede del Comité, se hizo acompañar de los integrantes de Risa y Llanto y pidió hablar con Afrodisio; éste la recibió con una gran sonrisa y la invitó a tomar café, después de elogiar su labor en pro del arte nacional le dijo:

—La revolución es fuente de derecho; y no podemos obligar a nadie a que se vista si se siente bien sin ropa. Mucho menos —agregó con esmero y buen ánimo— cuando hay gente que los quiere ver desnudos.

Sol Peralta quedó atónita; y adujo que ésas no eran las orientaciones que a ella le había dado Virgenza Fierro y añadió que lo que ella sacaba en claro era que no había concierto sobre a qué atenerse en materia cultural dentro de la revolución.

—Mientras Virgenza proclama gris, Chanel exige rosa; y ahora usted me dice que es mejor morado —respondió casi al borde del desaliento doña Sol. Pero ella logró recuperarse y salió contenta de donde Afrodisio cuando, al final, él la consoló con su cinismo y especial sentido del humor más la promesa de no interferir en el asunto.

—Mire, lo cierto es que en el negocio de artistas a mí no me gusta meterme; porque a ese gremio, yo y mi abuelita le hacemos la chiquita cruz, mejor espere a que venga Virgenza.

Del Comité, Sol Peralta y su gente se trasladaron a la delegación del Ministerio del Interior, para denunciar la acción terrorista de los que habían escrito la pancarta. Allí se les dio seguridad de que se iniciaría un proceso de investigación, que estaría a cargo de la Oficina de Inteligencia. Muy contenta, la aristotélica dio las pistas conducentes a incriminar a Rolando Steiner como autor de la leyenda, porque dijo:

—Steiner me odia; y ya en una ocasión me gritó que me actualizara leyendo *El arte nuevo de hacer comedia*, de Lope de Vega —el oficial de Inteligencia que la escuchaba tomó nota; y con rostro preocupado, atusándose el bigote, dijo que se investigaría el caso hasta determinar si Steiner y ese tal Lope eran sujetos de confiar.

El dramaturgo Rolando Steiner anduvo fascinado riéndose a carcajadas de las gestiones de Sol Peralta y del expediente que se le abriría a él y a Lope de Vega. En el Café Nixtayolero pagaba la cuenta e invitaba a cervezas a la muchachada que se reunía en torno a él para oírlo desacralizar catedrales y decapitar abadesas; pero debió de enfrentar, además, una fuerte discusión que se desató entre los defensores de la cultura indígena, porque decían que todos los guiones perversamente reflejaban el estereotipo de que los hombres miskitos no trabajan y se la pasan durmiendo todo el día para dedicar la noche al sexo activo. No que les perturbara la idea de la fogosidad miskita, ni el tópico del tamaño descomunal de su miembro, sino el estigma de su pereza, porque eso era un prejuicio intolerable que alimentaba el desconocimiento que de su realidad tenían los "españoles".

—A mí que me registren —respondía Steiner—, yo únicamente di orientaciones de cómo elaborar un *script*

169

a partir de una leyenda popular. Si duermen de día y cogen de noche, también están en su derecho —concluía contundente el dramaturgo, haciendo sonreír a su juvenil audiencia.

Así transcurrió, entre montajes, alegatos y averiguaciones la semana del teatro. Las discusiones teóricas, antropológicas y moralistas quedaron reducidas a los círculos de personas venidas del Pacífico. Entre la población miskita quedó viva la historia del noble personaje Cotón Azul, que sin tregua buscó y encontró a su amada Lakia; y que por ello fue recompensado por el *wista tara* Albriska. Las mujeres, sobre todo, empezaron a lucir ensoñadoras esperando a su Cotón Azul. Por su parte, la buyé garífuna fue autorizada por los ancestros para celebrar el *Dügü* y de inmediato se procedió a reunir los fondos y la yuca para preparar el casabe o pan que habría de compartirse, se inició la construcción de la *dabúyaba* donde se efectuaría el ritual, así como los montículos para representar las tumbas de los ancestros. Ahí los antepasados garífunas serían invocados para que se fortaleciera la cohesión cultural y los vínculos con las otras etnias, especialmente con las que históricamente habían sido hegemónicas en el Caribe: la miskita y la de los creoles o afrodescendientes, que en algunos momentos subyugaron a las otras minorías, particularmente a los propios garífuna, a los cuales trataban con la arrogancia usual en los débiles y humillados, cuando pueden descargar su resentimiento contra alguien que consideran más vulnerable; de manera que mediante el ritual se hermanaran la comunidad creole con la garífuna y rama, los miskitos con los mayagna, a quienes aquellos solían llamar despectivamente sumos; y todos con los españoles o mestizos del Pacífico, como un primer paso para después avanzar en el entendimiento intercultural con las etnias que habían perdido su lengua y muchos de sus rasgos durante la violencia modernizadora, pero que conservaban su identidad a través de la defensa de la tierra comunal por la cual venían dando la vida generación tras generación.

Virgenza Fierro se puso al frente de los preparativos para el gran festival. Militarmente, se dispuso resguardarlo con refuerzos comandados desde el búnker de Nabucodonosor, quien visitó la zona a fin de conocer en el terreno los planes de defensa. Desde el otro lado, las radios enviaban mensajes anticomunistas disuadiendo a la población a no prestarse a las maniobras de la propaganda; y se excitaba a repudiar cualquier manifestación cultural que no fuera propia de la región atlántica. Pero los preparativos no se detenían y las miskitas y sus niños ensayaban y diseñaban sus disfraces y sus trajes.

Virgenza Fierro en persona se encargó de comprar y repartir el encaje, los vuelos y los ribetes de los fustanes, las naguas y las cotonas de los cuerpos de danzas que vendrían a bailar desde el Pacífico *La miel gorda, Los dos bolillos, Las inditas* y *El jarabe chichón*; y del norte central *La chancha flaca* y *La perra renca*.

Virgenza tuvo fuertes encontronazos con los músicos que condicionaron su participación a ser ellos mismos quienes se encargaran de la adquisición de nuevos instrumentos, mejores amplificadores, consolas japonesas y un sofisticado sistema de sonido. Ellos contaban con el respaldo de grupos europeos de solidaridad que dieron el financiamiento a cambio del derecho de filmación y grabación exclusiva del Kupia Kumi. "Además de los músicos nacionales cantarán Kris Kristofferson, Joan Báez, Pepa Flores, Mercedes Sosa, Chayanne, Ángela Carrasco, Amparo Ochoa, Alí Primera, Pablo Milanés, Silvio Rodríguez,

Daniel Viglietti y Ángel Parra, entre otros", escribió en *El Zaguán* la Liebre Zepeda.

—No, si aquello va a estar por lo alto —se pasó el cepillo por la cabeza la comadre—, hasta dicen que vino Susan Sarandon, una actriz de esas nuevas que han salido progresistas.

—Anoche la bulla fue con Ed Asner, la estrella de Lou Grant —la de al lado se frotó, uno contra otro, los labios recién pintados.

—¿Qué es eso vos? —la comadre mete en la cartera el cepillo.

—Niña, la serie de televisión de un gordo chaparrito que aparece como editor de un diario en Nueva York —la de al lado se pasa la bellota por las mejillas.

—El colmo fue que hasta querían ponerlo a dirigir junto a Desiderio la edición del periódico y filmarlo para pasarlo en la tele antes del Kupia Kumi. Pero él les dijo que él no sabía nada de periodismo y que lo de Lou Grant era puro *show* —la Liebre Zepeda alzó el mentón barbado, hizo mofa y bebió de un nuevo vaso de licor.

—¡Ta bueno que no se haya prestado para babosadas! —comentó la de al lado—. ¡Todo lo quieren hacer chacota!

—Además que ni él ni Desiderio saben ni mierda de cómo hacer un periódico de verdad —dijo la comadre.

—No, Desiderio sí sabe —estiró los labios contra los dientes, achinó los ojos y se sonrió Zepeda— porque, noche a noche, la rotativa espera que él revise, línea por línea, la edición completa y hasta entonces se comienza a imprimir.

Mientras más se acercaba el día del Kupia Kumi, la situación militar se ponía más tensa. En un ataque sorpresivo a Mulukukú, los soldados que estaban durmiendo fueron asesinados de manera atroz; y el teniente Zarco, quien hacía poco tiempo había sido transferido a operar en esa zona, pereció degollado. Los únicos sobrevivientes fueron dos reclutas que habían sido enviados a buscar la provisión a Muy Muy Viejo y cuando regresaron encontraron el campamento incendiado y en una de las paredes del comando un letrero que decía:

AQUÍ ESTUVO EL GUATUSO, HIJOS DE PUTA

Juana de Arco fue a buscar el cadáver del teniente Zarco. Iba destrozada, reclamándole a la vida su injusticia.

—¿Qué culpa tuvo él de lo que le hicieron al Guatuso? —se preguntaba sollozando.

En Mulukukú le entregaron el ataúd claveteado y envuelto en una bandera. De inmediato emprendió su marcha de doscientos cincuenta kilómetros hacia Cosigüina, en Chinandega. Viajaba en un destartalado camión militar IFA, acompañada por Apolonia y varios soldados. Nada más que vehículos militares traficaban el camino polvoriento, lleno de sobresaltos y peligros. Aquella era la carretera por donde se viajaba a los territorios de la muerte. Según se fuera o se viniera, sus transeúntes iban a morir o alguien los venía a enterrar. Juana, con el pelo alborotado, ojerosa y sin consuelo, lucía fuera de sí en su largo viaje desde el cabo más nororiental de Nicaragua hasta la punta más noroccidental. Aferrada a la urna funeraria de su amado podía encarnar a una de las viudas del Renacimiento, que sin consuelo cruzara un reino con el cadáver putrefacto de su príncipe. Pero doña Juana iba sin esplendor, sin corte ni parientes. Sola con su loco amor. Al menos los puentes, reforzados militarmente, no

173

representaban el riesgo de una voladura. No estaban desvencijados y se podía pasarlos sin riesgo de sucumbir. La carroza con los despojos del teniente Zarco no sería arrastrada por ninguna corriente ni su ataúd flotaría a la deriva de las aguas que tan bravas discurrían en los fondos. Ningún familiar pierna rota sería rescatado de las aguas salidas de madre.

Apolonia, sacando fuerzas de flaquezas, le decía que al menos le quedaba el consuelo de que el teniente Zarco había sido de los que se entregaron a la causa sin buscar prebendas.

—Siempre se le va a recordar como a un mártir —balbuceó Apolonia.

—Un mártir pasa de moda en un suspiro —repuso secamente Juana.

No conocía a los parientes del teniente Zarco, pero sintió que era su deber estar con ellos. Al llegar a Cosigüina, después de tres noches y tres días de camino, se encontró con un pueblo agitado a la luz amarillenta de los bombillos que colgaban de las puertas de sus pocas casas. Los vecinos corrieron detrás del IFA hasta llegar a la casa mortuoria donde se amontonaba un gentío que impedía al conductor maniobrar para estacionarse. Juana de Arco fue la primera en salir del vehículo; luego la siguió Apolonia, que la sostenía de un brazo. En el ambiente se respiraba el coraje de los habitantes y el silencio fue roto por los gritos de una mujer de luto, a quien abrían paso los que rodeaban el camión. Juana de Arco quiso acercarse a la mujer, pero fue apartada violentamente por las manos de los que acompañaban a la de luto. Los soldados bajaron el ataúd y la mujer se tiró encima gritando:

—Hijito, ¿qué te hicieron?

Juana de Arco logró al fin aproximarse y conteniendo el llanto puso una mano en el hombro de la señora; pero el marido, que estaba con ella, le exigió que se fuera. Entonces la señora se volvió hacia Juana de Arco y le espetó a la cara:

—¿Con qué valor viene a hablarme a mí después que me devuelven a mi hijo muerto?

Juana de Arco se atorozonó y no halló palabras para responder. Apolonia la abrazó y dijo:

—Señora, ella es la compañera del teniente.

—Váyanse de aquí las muy bandidas —gimoteó la mujer— que yo lo que quiero es a mi hijo.

No hubo más de qué hablar y Apolonia empujó a Juana de Arco para que se alejara de la enlutada madre. La condujo a la cabina del camión en donde el llanto desbordó agitadamente a Juana cuya cabeza sostenía Apolonia, que también vertía lágrimas. El chofer estaba embrocado sobre el timón a la espera de una orden de Apolonia.

Otro hombre vino con un martillo y un gancho.

—Vamos a abrir el cajón para que mi mamá lo vea por última vez —dijo desafiante.

Manos enfurecidas arrebataron el ataúd a los soldados. Jirones de bandera volaron por los aires mientras los hombres llevaban la caja al interior de la casa más iluminada, donde una serie de sillas había sido dispuesta en derredor. Colocaron el féretro en el centro y de inmediato el hermano del teniente Zarco se dio a la tarea de arrancar los clavos. Cuando lo tuvo abierto, en su interior halló apilados unos trozos de cepas de guineo.

—Aquí lo que hay son puros chagüites, nosotros queremos a mi hermano —gritó tirando al suelo las matas de plátanos y las pisoteó con furia.

El tumulto embravecido de parientes y vecinos rodeó el camión y los soldados rápidamente montaron sus fusiles Aka. El enérgico clan-clan de las armas hizo retroceder al gentío y el IFA comenzó a abandonar el pueblo en medio de los gritos dolorosos de las mujeres y el encono de los hombres. En su turbulento regreso, Juana de Arco estremecida se agarraba de Apolonia, ambas se habían quedado sin palabras.

Los maromeros y payasos hicieron pliegos petitorios que Virgenza Fierro se encargó de satisfacer con creces, ya que el gremio de cirqueros es el mimado de sus afectos —reportó *El Zaguán*.

—Un novelista es leído por una minoría —dijo Virgenza en entrevista con la Liebre Zepeda—, en cambio un trapecista es admirado por todo nuestro humilde pueblo.

Virgenza, con el auxilio de sus asistentes, Bubulina y Vitola, se encargó además de organizar una exposición de pintura, en la que participaron los artistas que ella misma clasificó como los mejores y cuyos cuadros, antes de que fueran pintados, los compró el gobierno —según consignó Zepeda— a los mismos precios que las galerías de Rodeo Drive venden en Los Ángeles, California, las pinturas de los más cotizados pintores latinoamericanos. Pero también procedieron a recoger los cuadros de los grandes maestros que estaban localizados en los edificios públicos y que habían pertenecido a colecciones particulares y fueron exhibidos en el Salón Magno de la Casa de los Gavilanes.

Todo era alegría y preparativo en el despacho de Virgenza, donde la única guerra que se libraba era la suya en contra de los grupos musicales y de los escritores. Un ejército de secretarios comandados por ella, con frenesí, se desplazaba entre tramoyas, utilería y bambalinas poniendo aquí y moviendo allá a los cirqueros y bailarines que ensayaban para el gran día en Brackman, mientras por lo bajo se redactaban anónimos, adquirían patentes las más inverosímiles calumnias o traperamente se acuchillaban planes para que fracasara lo que por una razón u otra se había escapado del mando de Virgenza. Las emboscadas más visibles eran las montadas en contra de la producción musical del evento; pero la que tenía mayor repercusión internacional era su guerra íntima en contra de los escritores a quienes detestaba con odio visceral, "la suya era una guerra en la que contaba con el respaldo incondicional de Desiderio y en la que de vez en cuando aparecía Lalo Chanel como lugarteniente; aunque era visible que en ese frente contaba con la aquiescencia del Coro de Ángeles completo" —filtró *El Zaguán* en una crónica que había sido suprimida por el Ministerio del Interior.

Fara Penón regresó al país para filmar el festival, pero debió enfrentar las zancadillas de Virgenza Fierro que había conseguido que los organismos de seguridad le impidieran viajar a Brackman. Fara buscó el apoyo del Coro de Ángeles pero Afrodisio, que cada vez más evitaba interponerse ante el poder omnímodo de Virgenza, le dijo que él no podía hacer nada y Lalo Chanel le respondió, por medio de su secretaria, que mejor hablara personalmente con Desiderio. Artero le aconsejó que amenazara con denunciar internacionalmente el boicot que le estaba haciendo Virgenza.

—Pero no le digás a nadie que hablaste conmigo— le pidió Artero.

Desiderio no recibía a Fara Penón. Cansada de llamar a la Casa de los Gavilanes para pedir audiencia, decidió seguir el consejo que le diera Artero y escribió una carta a Nabucodonosor, diciéndole que hablaría con Marlon Brando, con Robert Redford, con Jane Fonda y con otras estrellas progresistas de Hollywood, informándoles que el festival estaba siendo censurado de antemano, porque se le estaba impidiendo a los mismos nicaragüenses viajar libremente a Brackman. Inmediatamente Nabucodonosor llamó a Desiderio y de la noche a la mañana Fara obtuvo el permiso necesario.

—Cuándo te iba a recibir Desiderio —le dijo Pinedita— si la propia Virgenza es la que se encarga de elaborar su agenda.

En Brackman, nadie se daba abasto. Pinedita coordinaba el equipo técnico que se hacía cargo de acondicionar la plaza frente al mar donde se armaría la gran tarima para los invitados especiales y la de los músicos. Él, desafiando a los ingenieros mandados por Virgenza, diseñó los planos de la enorme gradería que se estaba construyendo en la colina Bilwis para que se acomodaran los espectadores frente a la avenida, por donde pasarían el desfile de disfraces y los bailes.

Inés del Monte estaba a cargo de organizar el banquete cuyo menú incluía platos de todas las regiones del país, de manera que sólo el enjambre de cocineras que tenía que atender la dejaba exhausta cada tarde, pues no se ponían de acuerdo sobre los ingredientes y las cantidades necesarias. Además que la aturdían con las quejas, los pleitos y los dimes y diretes, salpicados la mayoría de las veces con las ancestrales rivalidades localistas. Al punto que una tarde le dijo a Pinedita que aquello era un infierno y que ella después del Kupia Kumi se iba para su casa en Matagalpa.

—En otras palabras —le dijo Pinedita— me estás amenazando con dejarme. Como si yo tuviera la culpa.

—No amor, vos te vas conmigo —le respondió Inés del Monte.

—Ah, si es así, entonces sí —rio Pinedita y la besó en la boca.

Inés del Monte pensó resolver las querellas de las cocineras ubicándolas en casas diferentes, pero viéndolo bien cayó en la cuenta de que eso complicaría las cosas y ella tendría que multiplicarse en su trabajo recorriendo el pueblo completo cuando quisiera verlas. Separó a las de Managua de las de León, que eran las más bochincheras, porque llegó a temer que el día menos pensado pasaran de las palabras a las manos y se agarraran a golpes pues desde que llegaron empezaron a pelear por la forma de preparar el chancho con yuca y los nacatamales. Las leonesas decían que como el de ellas no había ninguno.

—Claro, porque en León si la gente no muere en una *vendetta*, muere de indigestión con ese chancho tan condimentado o con las bombas de tiempo que son sus nacatamales —dijo una managua.

—Tate de chifletera, jodida, y te voy a echar a la Poveda —le respondió amenazante una leonesa encinta.

Las jinoteganas, que confeccionarían las pupusas y las güirilas, le rogaron encarecidamente que no las pusiera junto con las matagalpinas, porque eran muy mandonas.

—Además que sólo por el gusto de insultarnos los matagalpinos le dicen pupusa a la empanada de maíz con queso que horneamos en Jinotega —comentó dolida una señora.

—Esas jinchas jinoteganas piensan que es gran cosa estar con ellas —se quejó una de Matagalpa.

—No les hagan caso —aconsejó Inés del Monte a las matagalpinas— que ustedes van a estar donde yo esté para que me ayuden a preparar el ayaco con la receta de mi abuela.

—¿Quién ha dicho que en Matagalpa saben hacer ayaco? —reclamaron las de Masatepe, que afanadas envolvían las tamugas.

—Chanchada de comida que a su abuela rivensa le enseñó a hacer la suegra que llegó de León, porque ¿cuándo se ha visto que en Matagalpa la gente coma otra cosa que frijoles parados y tortilla con sal? —gritó a los cuatro vientos la mujer de Jinotega que las matagalpinas apodaban Amanda Barriga Panda.

Inés del Monte hizo un guiño y las reclamantes masatepinas respiraron satisfechas, pero la jinotegana hizo un gesto de incrédula, queriendo decir: que la compre quien no la conozca.

Las masayas habían pedido alejar de ellas a las jactanciosas granadinas que pensaban que iguana en pinol como el de Granada no había otra en el mundo. Las de Juigalpa dijeron que si las de Boaco miraban la leche, ésta no se cuajaría y que ellas no se responsabilizaban si el quesillo no quedaba huloso o si se les agriaban las rosquillas; y las alfareras segovianas pugnaban con las de San Juan de Oriente porque sus jarras, platos y vasijas predominaran en las mesas el día de los manteles largos. Sólo las miskitas no se vieron envueltas en esas trifulcas porque ellas hablaban en miskito. El rondón lo preparaba en la casa comunal Mrs. Juana Nelson, cuya lengua era el inglés creole.

Inés del Monte pudo respirar tranquila cuando de Nandaime llegó doña Flor, la de los dulces, una hermana de la venerable orden tercera, que todo lo componía con risas y suspiros y que en las tardes reunía a las cocineras para cantar el himno a San Francisco, *Las huellas del caudillo enamorado,* mientras ella cortaba sobre una mesa las cajetas de zapoyol y los gofios. Así doña Flor, el delantal de vuelos ceñido con el cordón del pobrecillo de Asís sobre el vestido marrón de terciaria, con su voz ronca, impuso el orden y dio el ejemplo para que cada mujer hiciera lo suyo. Agradecida, Inés del Monte la nombró jefa de cocina con el respaldo unánime de todas las otras, incluidas las de Rivas, que no miraban con buenos ojos a la seráfica matrona por ser nandaimeña y porque no confiaban en su talante componedor para quedar bien con el diablo y con Dios. Doña Flor, como veterana de las cocinas revolucionarias, conocía los entresijos del poder y atribuyó el nombramiento a una gracia del cielo que la había oído cuando, de acuerdo con su costumbre, antes de entregarse a los manjares, de rodillas suplicó ser instrumento de paz para poder alejar de los peroles y fogones de Brackman el espíritu peliantín de la Virgenza Fierro que "adonde quiera que va arma un gran montante si no se sirve Gallina de Chinamo, esa porquería grasienta", le dijo haciendo gestos de asco doña Flor a Inés del Monte, a quien no dejó de sorprender que la dulcera de Nandaime le confiara sus juicios íntimos sobre la temida y feroz Virgenza.

—No es tanto el trabajo como las montañas de informes que pide la Virgenza —se quejó Juana de Arco ante Orestes—. Ella piensa que aquí no hay otras cosas más que hacer.

—Te comprendo, por eso yo no me meto con esa dama —le respondió él sin dejar de teclear en su máquina de escribir.

—Sí, todos ustedes son unos frescos —gimoteó ella—, capean el bulto y me dejan, una vez más, sola en las brasas.

Orestes dio vuelta al rodillo y sacó el papel de la máquina. Miró detenidamente a Juana de Arco, que tenía los ojos llenos de lágrimas y se notaba muy tensa.

—No es que te hayamos dejado sola —repuso— pero pensábamos que vos no tendrías problemas con ella. Calmate y esperá a que venga su gente a hacerse cargo del quilombo.

Juana de Arco parecía atemorizada y, mordiéndose la uña del meñique izquierdo, dijo:

—Yo nunca imaginé que me iba a ver envuelta en este berenjenal. Ayer me gritó por radio que yo era una inútil, que iba a pedir mi destitución y que le diría al Coro de Ángeles que yo no servía para ni mierda —Juana de Arco estaba sollozando y Orestes callaba, sabía que era imposible enfrentar a Virgenza Fierro, a quien no había nadie que no le temiera por su capacidad destructiva.

Mientras miraba al vacío, fueron pasando frente a Orestes las imágenes de los obispos Garzón y Pompa en la antesala del despacho de Virgenza. Las cadenas de televisión reprodujeron por todo el mundo el momento en que los dos prelados católicos fueron despojados de sus vestiduras emblemáticas y puestos manos arriba para pasarles un detector de armas por todo el cuerpo. Orestes sacudió la cabeza como queriendo alejar de su pensamiento el escándalo internacional que se formó y el repudio de los feligreses por la humillación a sus pastores, principalmente a monseñor Garzón que había sido el primer dignatario en recibir en su palacio episcopal al gobierno revolucionario, antes de que el dictador cayera. Lejos de borrarse de su memoria, los pormenores del incidente insistían en asediar a Orestes. Súbitamente Artero aparecía en la pantalla convertido en defensor de Virgenza y, arrastrando las vocales para abrirlas de par en par, decía:

—Es que tenemos contundentes informes de que su ilustrísima y reverendísima monseñor Garzón es agente del enemigo —Artero hacía una pausa y luego continuaba—: Aunque él, como se sabe, fue un tenaz opositor a los Somoza y colaboró con nosotros en su derrocamiento. Sin embargo —el orador erguía el índice amenazante llevándolo y trayéndolo entre la cámara y su rostro—, parece que últimamente, a causa de su homosexualidad y de su creciente demencia senil, este jerarca de la Iglesia ha caído en manos de la reacción.

A la imagen vehemente de Artero se sobreponía la de monseñor Garzón que aleteaba la sotana negra, pringada de botones rojos. El *zoom lens* lograba convertir su imagen en la alegoría del rey de los zopilotes presidiendo a su bandada en pos de la rapiña. Con la cara deformada por efectos especiales de la cámara que le estiraban y encogían la boca mientras los ojos le saltaban de sus órbitas, el obispo ahuecaba el ala.

—Nosotros hemos venido a exigir lo que nos toca de la vaca —rezaba en tono gregoriano el pontífice, envilecido y degradado, hasta el punto de habérsele suprimido su apariencia humana para que diera repugnancia en vez de compasión.

Orestes intuía que Juana de Arco tenía muy claro su próximo destino después de caer en desgracia con Virgenza Fierro; pero no encontraba las palabras que fueran capaces de serenarla. Hizo un esfuerzo por salir de una vez de su ensimismamiento y, no hallando otra cosa más convincente, le pidió que se fuera a descansar a su casa y que se olvidara por ese día del famoso Kupia Kumi.

—Ej, vos lo que querés es verme en la calle —repuso.

—Niña —le dijo Orestes meneando las piernas y chocando las rodillas— seamos prácticos. Bien sabés que si ya te puso el ojo, no hay remedio que te salve —Orestes no paraba el movimiento mecánico de sus canillas. Con el roce hacía temblar la mesa que lo separaba de Juana de Arco, quien no prestaba tanta atención a lo que él decía como a su tic nervioso.

—Pará esos tafistes que me vas a volver loca —le pidió riéndose medrosa. Pero Orestes, que además se trenzaba y destrenzaba con el dedo índice un pequeño rizo arremolinado a un lado de la nuca, no le hizo caso.

—Ya ves —bostezó él—. Ernesto Cardenal fue a Irán mandado por el gobierno a pedir petróleo y mientras conseguía suministros para todo un año, Desiderio y ella lo acusaron de cobarde por no haber firmado una carta demandando al Ayatollah revocar la sentencia de muerte de Salman Rushdie —sin dejar de mover las rodillas se restregó perezosamente un párpado—. Ahí tenés ahora a Lalo Chanel —añadió— diciendo que los poetas tañen la lira mientras Roma arde. Y todo —agregó después de un nuevo bostezo— porque los poetas no se dejan mangonear por la Virgenza.

—No, si yo ahora me doy cuenta de que esos dos adoquines que se mandó a bordar en la charretera del uniforme pesan en puta —dijo Juana de Arco que ya había recuperado la calma—. Si, fijate —murmuró—, que ella misma me contó que para cerrarle la galería de arte a la Bubulina mandó al maricón de la Vitola a comunicarle que la Seguridad del Estado tenía informes de que la galería era una mampara detrás de la cual operaba la CIA.

—Pero… ¿la Bubulina no es su asistente? —se asombró Orestes.

—Ahora sí, porque no le quedó de otra después de que la metiera en miedo Vitola, diciéndole que o trabajaba con ellos o se atuviera a las consecuencias. Así, la Virgenza pasó a monopolizar el negocio de los cuadros.

—¡Chocho, si es más eficaz que un *sheriff* del oeste para meter en cintura a la gente! —exclamó Orestes—. Bueno —añadió—, va a ser mejor para vos que te apartés del Kupia Kumi. Así vas a estar lejos de las llamas.

—Eso si no estoy sentenciada ya —rio nerviosa Juana de Arco— porque si me pone una cáscara de plátano para que me resbale, voy a quedar sin Beatriz y sin retrato.

—Con razón el cerote regaló la ropa vieja a su parentela pobre —dijo Homero.

En Brackman hubo alarma debido a la tardanza de Buenaventura que salió para la Tesorería de la República, donde le entregarían el dinero para los gastos del Kupia Kumi y de paso aprovecharía para tomarse una semana de descanso y celebrar la comilona con los pobres de su familia.

—Un denigrante jolgorio en el que exhibió como nuevo rico las maravillas que los demás pendejos no pueden comprar —declaró una prima suya.

El convite de Buenaventura ya era una costumbre. A él invitaba a más de cien primos, incontables sobrinos y tíos de primera, segunda, tercera y cuarta generación en grados de consanguinidad y afinidad. Su fiesta, aunque los comensales no fueran de mucho rumbo, era la más sonada de los Domingos de Pascua en las playas de Lomas del Mar, desde donde su casa miraba al océano Pacífico. Antes de que se emborracharan, pero inmediatamente después del almuerzo, abría sus roperos para que sobre ellos se abalanzaran los varones a medirse zapatos, pantalones, chalecos, sacos, camisas, camisolas, calzoncillos, calcetines y corbatas. De manera que cuando la tarde iba declinando, junto a la piscina desfilaban los modelos mostrando las piezas de vestir que habían conseguido. Así se podía ver el chaleco, que correspondía a un terno gris, a punto de disparar sus botones desde la panza de un gordo embutido en una chaqueta impermeable y calzoncillo de pernera a punto de romperse. El pantalón del terno gris lo vestía un adolescente de unos trece años, que apareció flotando en él y en una camisola de algodón. El pantalón lo sujetaba a la cintura con una corbata de seda a la que había tenido que dar dos vueltas. Esa parte del festín se convertía en el desfile de centenares de varones de todas las edades que vestían las más disímiles prendas en cuerpos de tallas contrarias. A cada uno correspondían tres piezas y Buenaventura controlaba que nadie se sobrepasara de su cuota, pues antes de salir del vestidor tenían que mostrarle a él cuánto llevaban. Entonces Buenaventura aprovechaba para informar al beneficiario sobre el precio, estatus de la marca en el mercado y edad de las tres prendas que le tocaran en suerte. El desfile se interrumpía cuando los modelos se aproximaban a la piscina donde eran lanzados por las parientas y en ella, unos y otros, chapoteaban completamente ebrios.

—Era una samotana de Gargantúa y Pantagruel —comentó después la prima bailoteando graciosamente un ojo detrás de sus gafas.

—¡Ésos se fueron a dormir a Montelimar! —dijo la prima que había exclamado, sabihonda, la suegra de Buenaventura cuando se percataron de que él, con la esposa y los hijos, no estaban ya en la fiesta.

En la semana siguiente nadie lo esperó en el Comité, porque pensaron que se dedicaría a hacer las compras del festival, hasta que quince días después se oyeron por la Voz de los Estados Unidos sus declaraciones, atacando a la revolución y denunciando la presencia de cubanos en la costa Atlántica.

—Lo que no reportó fue el medio millón de dólares que se llevó —dijo Boscán.

—Tampoco los que desde hacía tiempos había sacado del país —le respondió Homero.

—Ése es el Hombre Nuevo, hom —encogió los hombros Pinedita evocando las palabras con que una vez lo reconvino a él su padre.

Afrodisio había prometido a Orestes que al final del Kupia Kumi sería liberado de sus responsabilidades en Brackman. Desde muy temprano Orestes aprendió que su viaje había sido inútil. Sus estilos no eran compatibles con los de Narciso Pavón, el coronel Pulido y los allegados a ellos. Él había preferido guardar la distancia siendo receptivo a las inquietudes de todos los compañeros, independientemente del lugar que ocuparan entre las fuerzas del poder. Sus noches en vela escribiendo documentos y coordinando sesiones de consulta con los especialistas de las distintas esferas, para elaborar un discurso coherente que le permitiera a la población comprender y apoyar todas las medidas que la situación económica y militar imponían, fueron vistas como extravagancias intelectuales.

—Tanto papel no sirve de nada. Hay que ser pragmáticos, como dice mi jefe —solía decirle el coronel Pulido citando a Nabucodonosor.

Orestes había diseñado, como parte de la Jornada Kupia Kumi, un plan de explicación que involucrara a todas las fuerzas de la revolución. Irían casa por casa consultando el estado de opinión de la gente, para luego elaborar políticas acordes con el sentir popular. Para ello necesitaba el apoyo del Comité; pero sus miembros pensaban que eso era pérdida de tiempo y que los activistas en lugar de andar visitando a la gente tenían que dedicarse a aprender el arte de repetir consignas y hacer pintas en las paredes.

—La pinta hecha a la sombra del poder es un ultraje para el dueño de casa que con sacrificio mantiene limpias sus paredes —alegaba Orestes ante el Comité.

—Sólo babosadas son estos pequeñoburgueses —susurraba Digna, ahogándose, como una asmática, llena de ira.

Cuando Orestes trató de exponerle el plan a Narciso Pavón, tuvo la impresión de que éste había estado más preocupado de que no le llenara de sudor el vidrio que protegía la mesa de su escritorio, que de la necesidad de que los dirigentes acercaran más sus formas de vida a las de la gente común y corriente. Narciso Pavón constantemente pasaba un paño sobre el vidrio, borrando las huellas de las manos y de los codos de Orestes, quien para ganar su atención no volvió a hacer contacto con el escritorio; y sólo así consiguió ser oído.

—Esas elucubraciones aquí no tienen cabida, a lo mejor en Managua, donde la gente razona mejor —dijo Narciso Pavón.

Finalmente Orestes convenció a Juana de Arco para que lo apoyara en el Comité, pues como encargada de Orientación, ella debía coordinar el sondeo de la opinión popular para participar después en la elaboración del discurso de las diferentes instancias del poder político en la zona. Juana de Arco le respondió que por su parte ella comprendía que la repetición de consignas ya no servía para nada; pero que tendría que hablar con Digna, porque aquélla, como responsable de Vida Orgánica, era la que tenía que autorizar la movilización de los activistas como encuestadores.

—Pero ya sabés —dijo Juana de Arco— que si la Digna no recibe la seña del mánager no picha, ni cacha, ni deja batear.

—Entonces hablá vos primero con Narciso Pavón —le sugirió Orestes.

Juana de Arco habló con Narciso Pavón y le explicó con amplitud los argumentos de Orestes, aunque no hizo ninguna alusión a los estilos de vida de la dirigencia. Esta vez, Narciso Pavón se mostró más interesado y dijo que había que comenzar haciendo una prueba piloto y le sugirió escribir un memorándum a Digna.

—Pero ¿no es mejor que usted hable con ella, comandante? —le preguntó Juana de Arco.

—No, esto debe aparecer como una iniciativa de usted, aunque el memo debe ir dirigido con una copia a mí —repuso Narciso Pavón agitando su paño de limpiar.

—Un memorándum es algo que a mí no me sale, comandante —balbuceó Juana de Arco.

—No se preocupe, yo se lo voy a redactar —le respondió mientras repasaba el paño sobre el vidrio de la mesa.

Inmediatamente Narciso Pavón se puso a escribir el memo y después de varias correcciones llamó a su secretaria para que lo pasara en limpio. Cuando estuvo terminado, Juana de Arco firmó el original y dos copias. Luego, la secretaria se los entregó en diferentes sobres cerrados que Juana de Arco envió a Digna y al mismo Narciso Pavón, dos horas después.

Cuando Digna recibió el memorándum se presentó de inmediato a la oficina de él, diciéndole:

—Comandante, por favor lea esto que acabo de recibir.

Narciso Pavón, pendiente de que Digna no fuera a arrimarse demasiado a su pulido escritorio se paró en el centro del salón y, como si no supiera de qué se trataba el mensaje, se demoró en su lectura, hasta que después de releerlo y meditar un rato, dijo:

—Esta Juana de Arco está loca. ¿Cómo se le ocurre que vamos a sacar a nuestros activistas de sus tareas habituales para que anden molestando a la gente?

—Entonces, ¿qué me aconseja usted que haga, comandante?

—Contéstele con otro memo que las fuerzas de la revolución deben esperar lo que el Coro de Ángeles diga y no andar sonsacándole necedades a la población —le respondió Narciso exasperado.

—Ay —hizo una morisqueta Digna—, yo no sé cómo decirlo...

—... Déjeme ayudarla, yo le voy a escribir un borrador y luego la llamo para que usted lo firme —dijo Narciso haciéndola salir de su oficina.

De Bluefields llegaron los capitanes de barcos a enseñar el Palo de Mayo con su sabor lascivo, pues había en Brackman quienes se oponían a que fuera bailado como una imitación del acto sexual. Los tradicionalistas preferían que se interpretara a la usanza inglesa, para evocar los tiempos cuando la mañana del primero de mayo las muchachas y los jóvenes celebraban el *going-a-maying* y traían un poste adornado con frutas, flores y cintas multicolores que sembraban en el centro del sitio donde se celebraba la fiesta. Luego, al grito de: *First a May-o, Dance yu Maypole* comenzaba el baile alrededor del palo.

—Hagámoslo como lo baila el pueblo en las calles, aunque ruborice a los mojigatos y conservadores —dijo el poeta Alí Alá, en tanto se calaba su turbante colorado.

Luego de muchas consideraciones y debates, se tomó en cuenta el respetable criterio del poeta del eterno balandrán blanco y tocado rojo y se optó por seguir el uso popular con sus alteraciones obscenas a la letra vernácula, que era la forma más conocida y la que se había hecho popular en Nicaragua y más allá de sus fronteras. El Kupia Kumi era, por otra parte, la celebración del triunfo del arte del pueblo en contra de las imposiciones extranjeras y religiosas. Así se reivindicaba la tradición afro-criolla de los nicaragüenses que desde el siglo diecinueve venían bailando su propio ritmo a pesar de las prohibiciones de la Iglesia morava.

—El Palo de Mayo como el inglés criollo ya no tienen nada que ver con Gran Bretaña —dijo Alí Alá e ilustró a quienes se resistían, informándoles que la canción *Donky wan wata*, "El burro quiere agua", llegó de Jamaica; y de Laguna de Perlas, "María perdió las llaves", *Mayaya las im key*.

—¿De dónde vamos a obtener las canciones primigenias de Inglaterra? —dijo el poeta—, si las que sabemos son éstas y las de Bluefields: *Judith drownded* y *Sin saima sin mailó*.

—El colmo sería —agregó Alí Alá— que pretendieran que lo celebráramos el 24 de mayo en honor del cumpleaños de la reina Victoria.

—No exageremos tampoco, poeta —le respondió Homero, que se había ofrecido para ayudarlo en el montaje—, ya se dijo que el Kupia Kumi se abre el primero y culmina el treinta de mayo cantando *Last a May-o*.

El entusiasmo en Brackman cundió entre la muchachada y no hubo habitante que no resultara contagiado de la zarabanda. En los parques, y en las calles, mientras regresaban de pescar, en los botes y en la playa improvisaban el ritmo sacándole música a las quijadas de caballo; y las mujeres, en los patios, meneando la rabadilla decían *Ma-ya-ya-o* y hacían sonar como bajos las tinas de sus lavaderos.

191

Poco después de ganar la batalla contra los puritanos, Alí Alá regresó con sus músicos y en el mismo muelle del puerto se pusieron a ensayar. Diariamente llegaban las parejas en una fiesta anticipada a entrenarse en la danza bajo la dirección de los capitanes de barcos. Con bongós y maracas, banjos, guitarras y violines; con concertinas y trompetas además de las quijadas y los bajos, el poeta Alí Alá ensayaba noche y día con sus negros blufileños, mientras las mujeres y los bailarines de Brackman y sus alrededores sudaban la gota gorda contoneándose fogosos como si hicieran el amor alrededor del palo.

—Estamos aprendiendo canciones de españoles —me dijo.

Olvidadizo, por un momento, llegué a pensar que podían ser viejas canciones de los Churumbeles de España o a lo mejor de Mocedades.

—Matemática —le dije—, cantame una, quiero oírte.

—Ya no llama Matemática —me respondió.

—¿Y cuál es tu nombre ahora? —le pregunté esforzándome por disimular mi asombro.

—Soy Siboney —me dijo muy seriamente.

Pensé que la selección del nombre era un homenaje a la marca de los radios cubanos que usaban los miskitos. Le pregunté que si sabía que ése era un nombre muy popular en Cuba y me dijo que sí, que en Cuba no sólo los radios se llamaban Siboney, sino muchas otras cosas.

—Claro —le dije—, hay una vieja canción titulada *Siboney*.

—También hubo indios Siboney —ripostó tajante. Su respuesta me dejó aturdido y tratando de salir de la confusión le pedí de nuevo que me cantara la canción que se estaba aprendiendo.

—Es *El zopilote* —se sonrió suavizando su semblante.

—¿El zopilote? —le pregunté aún más sorprendido— ¿Qué cosa es *El zopilote*?

—La canción de españoles que ahora aprendemos —volvió a sonreír—. Miskitas en *Tasba Pri* también lo ensayan.

Queriendo salir de dudas le pregunté:

—¿Estás hablando de la canción que dice: *Ya el zopilote murió, ya lo llevan a enterrar...*?

—Sí, ése es —asintió.

—¿Pero de dónde sacaron esa canción que es más vieja que el pinol?

—Maestra enseña en escuela y miskitas queremos en Kupia Kumi cantarlo —me respondió con su sonrisa inocente.

—¿Quiere decir que ustedes no van a cantar *Dalinki dupali* o *Mairan Kumi*? —pregunté asombrado y ella negó moviendo la cabeza y sin hablar.

—¿Ni siquiera van a cantar la *Pura Payaska*?

—¡Apo! —dijo, que en miskito significa "no"—. Canciones miskitas parecerían nosotros no queremos hermanar españoles.

—Ya veo —le dije y me quedé pensativo.

Supuse de inmediato que de esa manera los miskitos querían demostrar no sólo su asimilación de las tradiciones mestizas del Pacífico sino también manifestar su repudio a los vuelos del avión SR 71 A, cuyo nombre *Black Bird* había evolucionado en el habla coloquial de Pájaro Negro a Zopilote y su estruendo y poder era el tema cotidiano de las pláticas y comentarios en todo el país. Ahora los miskitos lo asociaban al personaje rapaz, derrotado y avariento de la tradición popular con el que el pueblo caracterizaba a los ricos y poderosos políticos y de quienes se burlaba cantándoles, con solemnidad falsa, las coplas de *El zopilote*. Celebré la ocurrencia besando a Siboney, que me respondió cantando burlona: "y a los tíos les deja las alas para volar, las alas para volar".

Los pájaros dentirrostros en un campo inmenso bajo un cielo azul muy limpio descendiendo a cobrar el precio de la fuerza del león, la ferocidad del tigre, la astucia del zorro, la timidez de la Liebre Zepeda, la vanidad del pavo real, los dones del fuego, un movimiento de cámara no es un asunto técnico sino moral, desconfiar del regalo de los dioses, un lecho de arena rojiza por el que pasa lento un río que se vuelve serpiente y se pone de pie tomando la forma de un árbol augurando la vuelta de Orestes al seno materno de la mano de Ifigenia, las multitudes se agolpan frente a la sibila para conocer su futuro, el rab-domante con una vara de metal adivinaba dónde estaban los manantiales de agua, Pedro rompe la roca y brotan las fuentes donde mujeres pudorosas se bañan suspirando por las miradas lúbricas de los muchachos que se entrenan en soldado a la ofensiva y después que el sol zozobra en el poniente, las sombras caen y la luna sale a lucir su lucero, van bajo una lluvia impalpable hasta Waspán y de allí a Kururia, para ir después a La Esperanza a patrullar el río, retozan otra vez los guerreros como centauros, viendo a las muchachas detrás del ramaje desvestirse en el agua, vámo-nos cuervo a fecundar tus cuervas, la serpiente todavía no muerde a Orestes, la flaca y arrugada del rostro pálido casi amarillo y la mirada vaga suelta a su acompañante de siete cabezas, con furia hunde su colmillo en la Juana de Arco que le rodeaba el cuello, no son buitres, no son cuervos, no son aviones espía llamados Pájaros Negros, tampoco los pavones rapaces, son los zopilotes desvistiéndose en la playa frente al movimiento de la cámara y en el fondo el patio llovido envuelto por la sombra de los mangos y las tortillas cubiertas con nata dorándose en el fuego de la leña verde y el azul celeste manchado por un vuelo de pavones... Esta puede ser la noche de los ahuizotes, esas aves de mal agüero que anuncian un mal despertar.

—¡Laborío, ya es de día...!

—Ah, ¿cómo...? Estaba soñando con una frase de Godard...

Mrs. Nelson exprimía el coco rallado en el colador de tela, y, desde la ventana, miraba al galerón donde los zopilotes bailaban. Reía y movía la cabeza sin dejar de sacar aquella leche de coco que luego pondría a hervir en el caldero. Ella no sabía toda la letra pero entonaba el estribillo que le llegaba del patio: *Vengo de una vaca muerta que me estaba regalando, vengo de una vaca muerta que me estaba regalando.* Sobre el molendero tenía, pelados y separados en grupos, incontables quequisques, yucas, guineos cuadrados y plátanos verdes. El batir de las alas de los zopilotes nublaba la tarde. Mrs. Nelson había quedado sola en la cocina; peladas las verduras y sancochadas las carnes, las muchachas se fueron corriendo al ensayo. A los plátanos pintos no les habían quitado la cáscara; ella ordenó que nada más les trozaran las puntas y los dejaran con cáscara para que al cocerse no se desbarataran. El papel crepé producía un ruido con el roce del viento que ponía de punta los nervios de Mrs. Nelson. Ella respiraba muy hondo, levemente se estremecía como sacudida por una fuerza interior y se unía de nuevo a la tonada que invadía el aire. En un perol a fuego muy tenue las lonjas de pescado se sofreían. Mrs. Nelson también se había probado su traje y en el galerón las costureras le hacían ajustes para que pudiera mover las piernas sin dificultad. Sobre los tenamastes que cercaban el fuego manso fue colocando, sin apuros, los calderos en los que había aliñado las verduras en capas. *Vengo de una vaca muerta que me estaba regalando, vengo de una vaca muerta que me estaba regalando.* A cada caldero le fue poniendo sobre la verdura distintos tipos de carne que colmó con la leche de coco. En uno estaba la de res, en otro la aleta de tortuga, le seguía el de la carne de guarí, después el del pescado sofrito y finalmente la olla de la guradatinaja. En fila, los peroles, los calderos y las ollas, como albur tapado, reposaban en un lecho de brasas.

—¡Qué huele ese rondón, Mrs. Nelson! —dijo en tono alabancioso Inés del Monte, que llegaba del patio.

—Hay de dijtintoj saborej —dijo la negra ahuecando el ala como los zopilotes.

—Y usted, ¿no va a disfrazarse? —le preguntó Inés del Monte.

—Yej —asintió—. No va a quedar yo íngrima —Mrs. Nelson rio con picardía; y salió, moviéndose al ritmo de la tonada, hacia el galerón a probarse el traje.

En el Copacabana se esperaba la llegada de incontables celebridades del cine, la música, la pintura, la danza y la literatura; pero la Liebre Zepeda sólo había logrado averiguar que estarían presentes Kris Kristofferson, Allen Ginsberg, Amparo Ochoa, Graham Green, Alicia Alonso, Joan Báez, Pepa Flores, Guayasamín, Mercedes Sosa, Julie Christie, Alice Walker, Daniel Viglieti, Ed Asner, Alí Primera, Lawrence Ferlingueti… Allí se serviría el coctel que la comunidad de Brackman brindaba a los amigos del mundo que llegaron al llamado del Kupia Kumi. La de al lado y su marido estaban invitados como trabajadores vanguardias del periódico y representando a los del ministerio de Industrias, la comadre; por eso, primero que nadie, ellos se hicieron presentes. Fara Penón desde muy temprano instaló sus equipos cinematográficos. Los periodistas rondaban las fuentes de frutas del mar saboreando el ostión y apurando sus vasos aguardentosos. Los fotógrafos y camarógrafos se apiñaban en la terraza sobre el agua en que rielaban las luces. Los artistas nacionales ya habían llegado. También los líderes de las comunidades indígenas y la gente principal de Brackman estuvieron puntuales, ellos formaban el comité de recepción y vestían sus mejores galas. Siguiendo el ejemplo de los periodistas, los otros invitados también se aproximaron al bar, para aligerar la espera. El coronel Pulido, Digna y Narciso Pavón se habían excusado de no poder asistir. Virgenza Fierro, representando al Coro de Ángeles, se apareció ya tarde, aunque aún no habían llegado los invitados especiales. El rumor cundió por los rincones y los fotógrafos salieron veloces disparando flashes porque creían que llegaban las estrellas.

—No se muevan —les advirtió el cronista de *El Zaguán*— que nada más viene la Vitola y sus muletas.

A Virgenza la acompañaba Bubulina; y en medio de las dos mujeres, vestido todo de blanco, flaco como una lágrima y leve como un suspiro, avanzaba su imperdible Vitola.

La carcajada que produjo la advertencia de la Liebre Zepeda rebotó hasta la entrada donde Virgenza saludaba sonriente, pero nerviosa. La Bubulina y la Vitola se apartaron del comité de recepción y hallaron sitio en una esquina, distante del grupo de donde venía la risotada. Los ojos se clavaron en los huesos de Vitola que se deshacía en mohines y departía con la Bubulina como con una vieja amiga.

—Ya es muy tarde, yo dudo que vayan a venir —dijo Virgenza dirigiéndose a Apolonia, que junto a los líderes comunales había estado a cargo de la preparación del coctel.

—No puede ser —le respondió ansiosa Apolonia—, si a las seis de la tarde todos habían confirmado su asistencia.

Virgenza no dejaba de temblar, como estremecida por una correntada de aire frío, aunque el húmedo calor de mayo sofocaba a los demás. Los asistentes al coctel no daban muestras de impaciencia, pero el comité de recepción desesperaba desconcertado. Fara Penón dijo que iba a averiguar qué pasaba, porque se hacía muy noche y al día siguiente todos tendrían que amanecer temprano para el desfile de disfraces y el baile en la calle.

Apolonia palidecía ante la posibilidad de un fracaso. Inés del Monte y Pinedita se interrogaban con Juana de Arco y Pancho sobre qué podía haber pasado.

—A mí esto no me huele bien —dijo Inés del Monte.

—Dejémonos de especulaciones y esperemos a ver qué les pasó —dijo Apolonia esforzándose por conjurar los malos agüeros.

—Son las once de la noche, esa gente ya no va a venir —comentó Homero.

—Yo aconsejaría —intervino Virgenza Fierro riendo nerviosa— que mejor suspendan esto para que los periodistas y fotógrafos no se desvelen.

—No podemos hacerlo, porque ¿qué pasaría si se aparecen más tarde? —murmuró Juana de Arco contrita.

—No van a venir —insistió Virgenza—. Yo conozco a esta gente, son unos frescos incumplidos —se retiró a la esquina donde estaban Vitola y Bubulina. Luego, los tres caminaron hasta el patio del fondo y desaparecieron.

Fara Penón regresó agitada, corriendo subió las gradas que conducen a la puerta principal donde hacía su inútil espera el comité de recepción.

—Toso el mundo está durmiendo —dijo con sofoco e inhaló una enorme bocanada de aire—. A las seis y treinta de la tarde, la Vitola llegó a notificarles que Desiderio, por razones de seguridad, había suspendido el coctel.

Apolonia se quedó estupefacta, tenía enardecido el rostro y los ojos anegados en lágrimas. Miró a Juana de Arco que resoplaba con los puños cerrados. Homero cabeceaba furioso. Pancho guardaba silencio, desconcertado. Como en cámara lenta, uno por uno, se vio al rostro en un juego que parecía de espejos móviles. Sus miradas reveladoras descifraban la razón secreta que se ocultaba detrás de las explicaciones de seguridad, aducidas para impedir la realización del coctel. Una vez más, Desiderio sucumbía ante las intrigas de Virgenza Fierro. Se atemorizó a las celebridades con noticias alarmantes y, de paso, se aguaba la fiesta que al margen de ella los miembros de la brigada habían organizado con los líderes autóctonos para que éstos hicieran contacto directo con personalidades que pudieran interesarse en sus proyectos comunales. Al frustrar la asistencia de las celebridades, Virgenza Fierro lograba impedir que los díscolos miembros de la brigada estrecharan relaciones con gentes famosas; y, como repetiría luego en los corrillos la Liebre Zepeda, así se aseguraba de que esas personalidades no tuvieran ninguna otra información acerca del desarrollo del proceso revolucionario, que no fuera la verdad oficial, de la cual ella se había convertido en su arquitecta y garante.

—Una más de la niña Virgenza —suspiró Inés del Monte rompiendo el círculo de espejos silenciosos.

—¿Vos creés que ella haya podido hacer semejante barbaridad contra la gente de Brackman? —dijo asustado y temeroso Boscán, para quien las evidencias nunca eran suficientes pruebas de la errática conducta de algunos miembros del Coro de Ángeles.

—No fue contra ellos sino contra nosotros —repuso con vehemencia Juana de Arco.

—A esta altura yo soy capaz de creer cualquier cosa —dijo cabeceando Orestes, como si despertara de una pesadilla.

—Esa mata y asiste al entierro de su víctima, llora y preside el funeral y si se ofrece enseña misericordiosa el rezo por el ánima del difunto —comentó furiosa Apolonia—, nunca pensé que el nerviosismo con que nos hablaba fuera debido a esta puñalada trapera.

—Para que te convenzás de una vez —le dijo Homero— que aquí algo huele a podrido.

—A mí lo que me preocupa, ahora, es qué le vamos a decir a la gente —dijo Boscán con voz vacilante.

—Una mentira más para guardar las apariencias, porque si contamos la verdad Afrodisio va a decir que le estamos haciendo el juego a la Contrarrevolución —dio un puñetazo contra la pared Pinedita, mientras se dirigían, en compañía del comité de recepción, al salón donde los invitados, periodistas y fotógrafos habían esperado largamente a las celebridades.

La acción de Virgenza dejaba sin argumentos a Apolonia. ¿Cómo seguir pidiendo tolerancia a sus compañeros frente a la persistencia del sabotaje, la intriga, la mentira, las zancadillas, el endiosamiento, la codicia y la pasión por el protagonismo de los miembros del Coro de Ángeles y de los cuadros intermedios que mimetizaban aquellos estilos y que para lograr sus fines echaban mano de los más bajos medios? Ciertamente, como había dicho Homero, "algo olía a podrido" y Apolonia llegaba al convencimiento

200

de que la crítica y la autocrítica, en la que decía haberse formado, habían perdido su efectividad entre los revolucionarios desde que, en el poder, se definió que todos eran iguales, pero que había unos más iguales que otros. Decía que en sus veinticinco años de militancia, ella no había desarrollado la destreza de saber capear los codazos que golpean cuando menos se espera. ¿Para acciones como éstas se derramó tanta sangre, padecido tortura, prisión…? ¿A esto quedaba reducido el sacrificio de los que murieron soñando con una sociedad donde todos serían hermanos? Ahora sí, no tenía dudas del rumbo que había tomado la revolución y ella no sería capaz de cumplir su promesa de hundirse con el barco si éste se venía a pique. "Y se va a ir al carajo, no por la fuerza de sus enemigos, sino porque el barco está corroído por dentro", se dijo a sí misma.

Muy pronto en su vida Apolonia abandonó las fiestas en el club, los paseos al country, el colegio de las monjas, deshizo el sueño de sus padres de convertirla en una dama que atendiera sus obligaciones de madre y de esposa procreando una familia con hijos que ella misma educara en la fe de sus mayores, que recibiera como es debido y que en las tardes, mientras el marido regresara de la hacienda, asistiera a los té benéficos o apaciguara el tedio jugando canasta con las demás señoras de su alcurnia. Ella, en cambio, se fue a un instituto público donde los estudiantes, en su mayoría, eran pobres y comenzó una larga carrera que le había ganado el reconocimiento, a través de los años, como uno de los pilares del movimiento revolucionario, pero que le cerró para siempre las puertas de sus familiares y amigos de la infancia que no dejaban de decir: "Mirá en lo que quedó la Apo, en una más de las del montón, mientras los inteligentes y los vivos agarraron el sartén por el mango".

—Es que yo, un día, a los quince años ingresé a una organización revolucionaria y ahora que tengo cuarenta amanezco en otra, en la que los principios se volvieron anticuados — musitó reflexiva Apolonia cuando abandonaba el Copacabana en sombras, acompañada por Pancho que la besaba una y otra vez en la mejilla.

Los atascos de vehículos, las aglomeraciones en todas las esquinas, los tumultos de hombres y mujeres con maletines ejecutivos, las zancadas de extraños abriéndose paso en las plazas, los hombres con los bolsillos de los chalecos repletos de rollos de películas, de lentes y libretas, las cámaras fotográficas colgando del cuello, el ruido de las motocicletas ronroneando desde el alba, los helicópteros sobrevolando bajo y espantando a las gallinas y a los perros que corren hacia insospechados rumbos, la abundancia de ametralladoras portadas por numerosos guardaespaldas, las sirenas de los radio-patrullas aullando por quitá quiero pasar, las viejas asomadas indiferentes a sus ventanas, las negras vestidas con sus trajes domingueros; un gordo descamisado durmiendo la siesta en un taburete, un publicista con bigotes de resorte de catre supervisando a los carpinteros y a los electricistas que instalan los rótulos, los maquillistas y las peinadoras borrachos insultándose en la esquina de una desvencijada taberna, los empleados municipales pasando sus brochas por las paredes de los edificios públicos, los sastres en los corredores sin despegarse de sus máquinas de coser haciéndole el dobladillo a las pañoletas, al tiempo que, imperturbables, silbaban la melodía miskita: *tininiska tininiska, ba ba, kaboyola kaboyola, ba ba,* la mujer que atraviesa el bullicio con el cuchillo de su alarido pregonando:

*¡el chancho el chicharrón el friiiiitoooo…!*

La masa que se mueve en el ir y venir del rumor, desorientada porque no sabe por dónde va a pasar en caravana el sancta sanctórum, el cortejo de los paladines. Los jinetes del apocalipsis, los coronados de gloria, aquellos a quienes la fama saluda con sus largas trompetas, los invencibles y sabios guerreros, Alejandros y Nabucodonosores, príncipes florentinos que afeitaron temprano sus barbas guevaras, los desjarretadores de toros, los sumos pontífices que consagran a sacerdotes y sacerdotisas; ellos, a quienes nada más les basta mover un dedo o echar una ojeada para trocar en arte la más fútil anécdota, el brochazo más grueso, la nota más átona; los que tienen la potestad de decidir quién es eficiente y quién no; de quienes dependen la vida y la muerte, la paz y la guerra. El todopoderoso Coro de Ángeles que hoy honra a Brackman con su presencia.

Un rey, dos capitanes y un disfrazado de mona con una comparsa de máscaras negras con colmillos, adornos de plumas en la cabeza y dijeros como delantales, con flautas de carrizos de montañas y tamborcitos de dos parches, acompañados de chischiles, ejecutaban y danzaban el baile de *El Mantudo*, abriendo el carnaval. Artero pasa adelante con un timbalero que suena a su paso el timbal, su sombrero de tres picos y su capa de torero concitan aplausos y vivas, una cadena de agentes del Servicio Secreto lo protege de la masa informe mientras él levanta el brazo sin dejar de conversar con el corifeo platinado que lo acompaña. Artero lleva siempre un disfraz, preparado para cualquier ingreso imprevisto al salón de la fama. Le obsesiona que la historia le cierre las puertas de su hospedaje y no le reconozca la paga del aposento que ha reservado. Se sueña guerrero, se imagina domando a las fieras, se oye tribuno, ensaya sus poses y corrige los versos de *La Marsellesa*.

—También recibe cursos privados en los que aprende a no maniobrar, como batuta, el cuchillo de mesa —le dice al oído la de al lado al cronista de *El Zaguán*.

—Que mejor lea a Carreño y haga planas repitiendo mil veces: No encenderé mi habano ni haré volutas de humo frente a mis invitados en el comedor —se ríe la Liebre Zepeda.

—Olvídense de una vez de ese pedo al suelo —dice la comadre e imita con el pulgar y el índice la napoleónica estatura de Artero—. Mejor miren para allá, a la comparsa de los leoneses —añade, frunce los labios y los estira en dirección al corro, donde unas gigantonas bailan al son del atabal.

Afrodisio no aparta de su boca el *walkie talkie*. Controla los hilos. Cierra un ojo a las niñas en minifaldas. Ordena a gritos que avance el cortejo. Echa un brazo al hombro del publicista del bigote de resorte de catre que se le acerca para pedirle el favor de una orden que haga desaparecer del entorno de Desiderio a las sanguijuelas que no están contempladas en su plan de publicidad. Afrodisio despacha con una palmada al suplicante que retuerce la boca y se retira haciendo reverencias y penitencias. Afrodisio, en su ir y venir a lo largo de la calle por donde avanzan sus pares del Coro de Ángeles, se ríe de Artero y comenta que el carnaval necesita de alguien de un palillón que crea que la banda sigue su ritmo mientras se impone otro son.

Lalo Chanel porta al cinto una escuadra automática con incrustaciones de oro. Va en una cápsula semejante a un papamóvil. Su pelo pistoleado, cepillado y tratado con champú de papaya y acondicionador de sábila no puede exponerse al salitre del aire ni a la nube de polvo que levanta la turbamulta municipal y espesa.

—¡A ése, en su burbuja, no le llega el pacuso! —exclama la Liebre Zepeda.

—¿El qué…? —pregunta la comadre.

—El *pacuso* niña —le aclara la de al lado mientras, sonriendo, se cubre la boca para que nadie más la oiga—. Así le dice este chancho de la Liebre Zepeda al tufo a pata, culo y sobaco que causa la escasez de talco, papel higiénico y desodorante —la comadre se escandaliza, pela los ojos, sacude la cabellera y no puede contener la carcajada. Pero recapacita y enseguida finge reprobar a la Liebre Zepeda por iconoclasta y por hacer mofa de las desgracias que origina la guerra y sobre todo el embargo económico.

Lalo Chanel es, entre los miembros del Coro de Ángeles, el vivo flechador del cielo, ante cuya indiferencia se desploman las más hermosas mujeres. Impregnado de dardos prefiere, entre todas, la pose de mártir erótico de San Sebastián.

—Va en éxtasis formulando nuevas hipótesis —comenta un adulador, confundido en la masa.

—Una nueva elaboración teórica de la realidad —tercia un sociólogo graduado en Lovaina.

—O hallando la última fórmula para amasar fortunas caídas del cielo —carraspea la Liebre Zepeda.

Nabucodonosor va de pie sobre un descapotado Jeep militar, levanta un brazo, saluda y cabecea contento, devolviendo la cortesía a los que le miran pasar. Nabucodonosor no duda de que las esposas, las madres, las novias y las hermanas de los soldados se regocijan de la educación espartana que gracias a la oportunidad de la guerra están adquiriendo los nuevos varones. Henchido de orgullo comparte sonrisas con los padres que han perdido a sus hijos en las batallas. Ésa es la ofrenda al altar de la patria;

el sacrificio por el que Nabucodonosor ha llenado de galones sus mangas, de estrellas el cuello, por el que ha bordado nuevos laureles en sus charreteras. Nabucodonosor no mira las señas obscenas que, con los dedos de las manos, le hacen por lo bajo; ni oye los ruidos grotescos que, como pedos, emite a su paso con la lengua salida sólo Dios sabe quién.

Atrás, en una carroza, con un gigantesco equipo de sonido, ajena al murmullo y a los empujones Virgenza Fierro rodeada de los cirqueros, los bailarines y los titiriteros baila desenfrenada la música de Tina Turner, mientras Vitola —su mano derecha— se lima las uñas y la Bubulina se quita los tubos del pelo. Al pasar frente a la tarima de los músicos regionales, Virgenza se detiene con sus parlantes cuadrafónicos y acalla el ritmo de los bongós, maracas, banjos, guitarras, concertinas, quijadas, bajos, violines y trompetas del Palo de Mayo.

—Si no le bajás el sonido a tus parlantes —le grita el poeta Alí Alá—, me llevo a mis negros.

—Llévatelos —levanta los hombros Virgenza y se carcajean los saltimbanquis, los payasos y los maromeros de su carroza, mientras la Vitola le sube el volumen al ruido.

Abajo, en la calle, Fara Penón da órdenes a sus camarógrafos de filmar el incidente; pero cuando Virgenza se percata, salta de la carroza y se tira golpeando con los puños a Fara.

—Salí, andate de aquí —resopla Virgenza.

—Vos estás loca —responde Fara sosteniéndole las muñecas—, ¿desde cuándo es tuya la calle?

La avalancha de fotógrafos corre y dispara sus flashes frente al espectáculo de las dos famosas en pugna. El rumor de que Fara Penón paró en seco a la Fierro recorre el desfile de punta a punta; y pronto hubiera pasado al olvido sino fuera porque allí iba el cronista, que nunca dejó de facer su oficio.

Pero ante los ojos ávidos de los turistas que se amontonan en las aceras, escoltado de basquetbolistas, futbolistas, campeones olímpicos, bateadores, fildeadores, pesistas, nadadores, viejas glorias del deporte en sus sillas de ruedas, ataviado con una camiseta diseñada por Versace que resalta sus bíceps y pectorales, con un cintillo ciñendo su larga melena, manso y enigmático surge Desiderio. El publicista del resorte de catre como bigote se esconde en medio de los deportistas para indicar, siguiendo el guion, en qué momento debe Desiderio regalar una sonrisa o levantar la mano y cuándo saltar gritando *Ma-ya-ya-o*. Desiderio avanza lento. Como llevado por la ola de la muchedumbre, se le ve flotar en un galiléico balanceo como el de aquel que sin decir agua va, pudo caminar sobre la corriente. Los camarógrafos pugnan por la mejor toma desafiando los empellones de los guardias de seguridad disfrazados de atletas. Una rubicunda gordita de ojos muy grandes flota en el aire como burbuja aventada, cuando es sorprendida por unos agentes intentando un *close up* de Desiderio. De nada le valen a la muchacha los alegatos de que ella está acreditada como fotógrafa oficial del Coro de Ángeles. Muestra sus credenciales, insulta a los agentes, busca desesperada con sus ojazos verdes la ayuda de un conocido. Nadie interviene para resguardarla de los golpes y del gancho al hígado que la tumba por traspasar los límites y aproximarse demasiado al arcángel Desiderio.

El omnipotente Coro de Ángeles ha descendido por las polvorientas calles a saludar a su pueblo. *Primo inter pares*, Desiderio, el que manda más, cierra la procesión aclamado de vítores y palmas en su Domingo de Ramos.

207

Y lejos de la ola se disemina por el puerto la marejada de actrices, cantautores, músicos, escritores, cineastas, ecologistas, activistas y periodistas que de los siete mares vinieron al Kupia Kumi en Brackman; pero los más informados echaban de menos la presencia de Julio Cortázar, como la Liebre Zepeda y la de al lado.

—Apareció como Pedro por su casa caminando en las plazas y las calles como un cronopio deslumbrado y no me acuerdo quién me codeaba en el parque de Matagalpa: "¿De verdad, vos Liebre, ése es Julio Cortázar?" —meneó su vaso con hielo y bebió el cronista de *El Zaguán*.

—Fui yo, idiota, ya no te acordás —lo codeó otra vez la de al lado, interrumpiendo su relato de cuando vio al hombre de barbas sobresaliendo como un gigante entre la multitud que había bajado de las cañadas para participar en las honras fúnebres de Carlos Fonseca, en los tiempos en que la revolución daba sus primeros pasos y todavía llenaba de ilusión al mundo entero.

—Aquel de barba y pelo rojizos, que se mueve desconcertado es Julio Cortázar. ¿Ya lo viste, niñá? Me preguntó la Liebre y yo que saltaba de tan contenta al verlo —concluyó la de al lado.

*Zopilote, ¿de ónde vienes*
*con el pico amarillando?*
*Vengo de una vaca muerta*
*que me estaba regalando.*
*Vengo de una vaca muerta*
*que me estaba regalando.*

No, no fue el Palo de Mayo lo que llenó el aire, aunque se danzó hasta el delirio; tampoco *Tawalaya,* que los extranjeros coreaban en su acento particular, sin saber que decían cantando: "No coma más quequisque", que bien podía interpretarse como "No coma más mierda". Las calles y las avenidas hervían de pesadas alas negras. Los había de todos los tamaños: zopilotas, zopilotitos, zopilotones que complacían al Coro de Ángeles.

—Y la gente no lo podía creer y todo el mundo se volvía a verla cuando apareció chancleteando entre las vecinas con una camisa luída por las muchas lavadas y un pantalón niste que parecía teñido con ceniza, la Julie Christie; y no venía de Londres sino de El Regadillo, donde vive en una cooperativa de campesinos del norte. Todos querían verla como en el papel de Lara. En el aire se oía el *Tema de Lara* —siguió diciendo Zepeda—. ¡Fijate, qué diferente se ve de como aparece en *Dr. Zhivago* bailando una gavota con Komarovski! —puntualiza el comentarista de cine— con un traje de vuelos hasta arriba del tobillo, sus mangas holgadas que le llegaban al codo y el cuello cerradito de tórtola.

—¡Qué despampanante...! ya me acuerdo —agrega transportada la comadre—. Lara llevaba en su pelo el lazo del color lila de su vestido. ¡Las zapatillas negras, los mitones y la chalina de encaje!

—Pero era más regio —cuchichea la de al lado— el vestido rojo que llevaba cuando le disparó al viejo chancho que la viola, ¿cómo dijiste, vos Liebre Zepeda, que se llamaba?

—Komarovski, el que después la persigue —tose Zepeda— y que al final uno se entera de que fue él quien dejó abandonada, en la muchedumbre, a la hijita de ella y del doctor Chivago.

—Niña, si eso fue hace más de veinte años —se recuerda, la comadre le pega en el muslo a la de al lado—, cuando hizo el papel de Lara.

—Lo que no le cambia es el labio inferior carnoso —murmura con lascivia el esposo de la de al lado.

—¿Te acordás vos —suspira la comadre— que entonces, para estar a la altura, tenías que parecerte a Twigy o a Julie Christie?

—Fue cuando con la muerte de Marilyn Monroe salieron por la puerta de atrás las bellezas rellenitas —pontifica el número uno en cine de *El Zaguán*— y las modelos fueron diminutas como *petits pois*, a lo Julie Christie o alargadas y flacas como espagueti, a lo Twigy.

*Zopilote de ónde vienes*
*con el pico amarillando*
*Vengo de un solar de mierda*
*que me estaba regalando*

—¡Ahí van los chepes! —gritaban los chavalos, corriendo, detrás de la zopilotera danzante.

—¡Los pavones que se comen cruda la carne! —señaló hacia la mancha negra un abuelo al niño.

—Ah, pero también han venido unos cheles que apestan en las calles y que se presentan sucios y hediondos a los locales cerrados donde la gente se tapa la nariz. ¡Chéeee! —frunce la boca, hace un gesto de repugnancia, escupe en el suelo, la de al lado, y exagera su expresión de asco—: ¡Chéeeeee!

—No, si todavía andan por ahí —bebe de su vaso frío la comadre—. ¿Los turistas que no se bañan? —añade riendo.

—Sí, los mentados internacionalistas, que ésta detesta —comenta el marido de la de al lado.

—Los sandalistas, como les dicen en Miami los nicas que se fueron —se ríe la Liebre Zepeda.

—Es que de todo ha venido —suspira la comadre—. Como Garganta Eléctrica, que se burlaba de las secretarias y de los compañeros con bajo nivel cultural. Le gustaba averiguar la vida y milagros de quienes trabajábamos con él en Industria para determinar con quién le convenía tener amistad; y una vez que le dejabas de ser útil, ni te volvía a ver.

—A ese narizón —hace una mueca la de al lado— yo creo que no lo soporta ni la que lo parió.

—Ese cabrón no se quiere ni a él mismo —le dice el marido.

—Pero tampoco digamos que todos los del Cono Sur son igualitos a él —recapacita la comadre—; no estereotipemos, por favor.

—Ni todos los caribeños son como aquella que hablaba y fumaba hasta por los codos en el periódico —dice el marido de la de al lado.

—Que se la pasaba indisponiendo a unos en contra de otros y dando portazos por aquí o hijueputazos por allá —añade la esposa.

—Nos quería hacer creer —le echa segunda Zepeda— que ella era la encarnación de *La Internacional.*

—¿Fue ésa —preguntó la comadre— la que me contaste que quiso hacerse la heroica y pidió que la mandaran a una zona de guerra?

—Esa misma —repuso la de al lado—, creía que no iban a hacerle caso y cuando le comunicaron que sí, que iría a los frentes de la frontera, puso pies en polvorosa y desapareció del país.

*Zopilote zopilote*
*no te vayas a robar.*
*Ay señor qué quiere que haga*

211

*si es mi modo de pasar.*
*Ay señor qué quiere que haga*
*si es mi modo de pasar.*

El coronel Pulido, Digna y Narciso Pavón se regodeaban en el éxito: el Coro de Ángeles aplaudía su esfuerzo, palpable en la parodia que los miskitos hacían del temido y abominado Pájaro Negro.

—"Déjalo correr, Pepa" —canturreó la Liebre Zepeda—. La venida de la Pepa Flores, después de su soberbia interpretación en la TV del papel de Mariana Pineda, fue algo nunca visto. Y los reculeros que la entrevistaron insistían en recordarla como Marisol —se rio el cronista de *El Zaguán*— y la Pepa luchando para que no le dijeran Marisol, porque es feminista y se opone a la cosificación de la mujer. "No le des tormentos, Pepa, déjalo correr, Pepa" —volvió a entonar Zepeda; y la de al lado canturreó: "La vida es una tómbola, tom, tom, tómbola".

*Alabado las mujeres*
*como son tan noveleras*
*como que si nunca han visto*
*zopilote en tasajera.*

Tampoco los bailarines endomingados que había traído Virgenza Fierro pudieron robarles el *show* a los zopilotes.

"Ben Linder, el gringo que instala bombas de agua en la montaña más profunda se paseaba vestido de payaso entre las multitudes, pedaleando su monociclo de los años veinte, enloqueciendo a los niños —reportó la Liebre

212

Zepeda—; también vimos a Bryan Wilson, el otro gringo bueno, que se acostó atravesado sobre la línea férrea para protestar contra el financiamiento millonario de la guerra, pero el tren militar de su país no se detuvo y le cercenó las piernas". "Los Gringos Buenos arriban al Kupia Kumi", tituló a ocho columnas *El Zaguán*.

> *Zopilote de ónde vienes*
> *con la cabeza amarrada.*
> *Vengo de una vaca muerta*
> *y me han dado una pedrada.*
> *Vengo de una vaca muerta*
> *y me han dado una pedrada.*

Nabucodonosor se aproximó al corralillo donde estaban acordelados los periodistas para explicar los alcances del Pájaro Negro.

—A partir de Vietnam ha sido usado como avión de reconocimiento estratégico en vuelos clandestinos como los que ha estado haciendo sobre nuestro territorio. Técnicamente se le conoce como SR 71 A, aunque es más conocido como *Black Bird* —Nabucodonosor, sin sustraerse del alborozo de la música, hablaba haciendo cortes entre las palabras para acentuar su objetivo didáctico—. La Fuerza Aérea de Estados Unidos lo emplea en periodos de preparación de la guerra. Y ustedes ya conocen los estragos que su velocidad y sonido causan porque el Pájaro Negro no es un avión de combate sino de espionaje que ha fotografiado milímetro a milímetro el territorio nacional.

> *Ya el zopilote murió*
> *y se murió de repente*

*y se murió de repente.*
*Y a los gringos les deja*
*lo pelado de la frente*
*lo pelado de la frente.*

—Pero ahora nuestro pueblo miskito, disfrazado de zopilote, le está demostrando su repudio al imperialismo representado por el Pájaro Negro, carajo —intervino Artero con su engolada voz, al tiempo que brincaba en la punta de sus pies, azotando el aire con los dedos de las manos.

*Ya el zopilote murió*
*en medio de un palomar*
*y a los tíos les deja*
*las alas para volar*
*las alas para volar.*

—El yanqui apostó a que los miskitos nos darían la espalda y aquí están dándole los miskitos su trompada al yanqui, con la misma canción con que antaño nuestro pueblo se burlaba de los oligarcas vende patria —dijo Desiderio que también se había acercado a la prensa.

*Ya el zopilote murió*
*arrimado a un paredón*
*y a las tías les deja*
*las patas para bordón*
*la patas para bordón.*

Los aplausos a la original y sorpresiva idea de los miskitos se reprodujeron incontenibles. Los meseros recorrieron las tribunas de las celebridades repartiendo refrescos, vinos y cervezas. Las copas se alzaron en la algarabía y los miles de zopilotes en la plaza no cesaban de bailar al compás de la música que de los altoparlantes salía con reiteración. El alborozo contagió a los invitados especiales que se mecían, con las copas en alto, agitando sus sombreros de pita tejidos en Camoapa. En la parte funeral de la canción se dejaban llevar, lentamente, por el compás del falso andante luctuoso; y repetían en coro:

*Ya el zopilote murió*
*ya lo llevan a enterrar,*
*ya lo llevan a enterrar.*

Para inmediatamente, en el *allegro*, saltar con júbilo zapateando y cantando a una con la comparsa negra y la multitud:

*Ya el zopilote murió*
*ya lo llevan a enterrar*
*ya lo llevan a enterrar*
*échenle bastante tierra*
*no vaya a resucitar*
*échenle bastante tierra*
*no vaya a resucitar.*

La ovación unánime llegaba al delirio. El desborde de la multitud en las graderías y la admiración de las celebridades fue la suma que colmó la satisfacción del Coro de Ángeles que, desde su palco central, contemplaba la gloria de su poder, en tanto la zopilotera se alejaba silente y presurosa hacia el muelle.

—Zampales el palo en el culo, sin miedo —manotea, grita sin despegarse el *walkie talkie*, baja a grandes zancadas los escalones de la tarima, Pinedita.

—Están entumidas, las putas, como engarrotadas —en el foso trasero de la tarima, entre canastos y jaulas que sacuden los ayudantes suda, se agita y desespera Boscán, queriendo insuflarles aire para que vuelen.

—No jodás, ya nunca hiciste volar a esos animales —grita Pinedita—. ¿Se te olvidó que tu pie en el guion era: "No vaya a resucitar"?

—Sí, ya sé; pero qué diablos querés que haga —repuso Boscán haciéndose oír en el griterío de la muchedumbre y el retumbar del tablado bajo el zapateo al son del estribillo que se repetía interminablemente:

> *no vaya a resucitar*
> *no vaya a resucitar.*

—Las hemos estado arriando —añadió Boscán— y las retentadas no quieren alzar vuelo. Les echamos agua, las soplamos, las ajuchamos… y nada.

—Parece que estuvieran borrachas, ¡ya la embarramos de ayote! —embrocado sobre los canastos de palomas adormecidas, Pinedita sopesa una en la mano.

—*F, F, F* —se oye en el *walkie talkie* la voz de Pancho—, qué mierdas pasa —pregunta Narciso—, que a qué horas van a salir las palomas. Cambio.

—Oíme *B, B*, aquí *F* —respondió Pinedita—, decile a esa gente que se olviden de las palomas, porque se entumieron y no quieren despertar. Cambio.

—La cosa se está poniendo seria —habló de nuevo Pancho—, dice el Coro de Ángeles que de cualquier manera hagás salir esos animales, porque no se puede echar a perder el efecto de las palomas blancas borrando la mancha negra de los zopilotes. Cambio.

—¡Que no jodan! Sólo que se las aviente encima. Estas palomas están como muertas —gritó Pinedita—; y la que yo tengo entre las piernas me salió sin alas. Cambio.

—Bueno —dijo Pancho—, pero éste no es momento para estar con tus dobles sentidos. Cambio y fuera.

El espectáculo de las palomas apachurradas que no querían alzar vuelo a pesar de los chuzos tenía entretenidas a las celebridades que desde sus palcos hacían gestos de consolación para los edecanes que les explicaban que con la bandada de palomas blancas de la paz se quería marcar el contraste con el manchón negro de los zopilotes de la muerte. En el sitial del Coro de Ángeles había visible enojo por la pifia. Digna prometía castigar a los responsables de que a las diez mil palomas se les hubieran entumido las patas y las alas.

—¡Hallaremos al culpable! —prometió Narciso Pavón con aspavientos, cuando custodiado por el coronel Pulido descendía al foso de las aves desaladas.

Mientras, en medio del estribillo "échenle bastante tierra, no vaya a resucitar, no vaya a resucitar" se comenzó a mezclar una melodía que se pensó fueran filtraciones en los controles de sonido. Era una música muy dulce que poco a poco sustituyó a *El Zopilote*. En sus palcos las celebridades se olvidaron del fiasco de las palomas y asombradas buscaron para el lado del océano, de donde provenía la melopea. Era una encantadora música de guitarra, que parecía ejecutada en el cielo por las manos de un virtuoso.

Periodistas y celebridades rompieron los cordones de seguridad y salieron corriendo hacia el muelle. En el horizonte, sobre el mar, se veía alejarse una barquita con casquetes de oro seguida por los barcos que llegaron de

Bluefields a enseñar Palo de Mayo. Cuando los reporteros y camarógrafos con sus equipos se aproximaron a la costa, encontraron en la arena un promontorio negro de papel, cartón y trapo. El disfraz de los miskitos. En la orilla no estaban ellos ni sus mujeres, ni sus ancianos, ni sus niños; solamente su zopilotera muerta y un letrero clavado a una estaca en la arena:

COTÓN AZUL VOLBIÓ

La música de ensueño se fue diluyendo mientras las naves desaparecían en la mar serena. Las celebridades y los periodistas, confundidos en la barahúnda de la costa, volvieron sus miradas atónitas para el sector de las tribunas y las graderías en las que el tiempo parecía detenido. El Coro de Ángeles zapateaba *El Zopilote* contemplado por la multitud inerte. Diríase que en las graderías, sobre los millares de persona que ha poco vitoreaban jubilosas, hubiera caído de súbito un baño de silenciosa lava volcánica enfriada al instante.

*Todo se quedó en el tiempo. Todo se quemó allá lejos.*

JOAQUÍN PASOS

Después de las orejas envasadas del subcomandante Mendiola y de aquella su risita nerviosa, el mayor se encargó de hacer público el contenido del mensaje; y yo con las orejas frías. *Más te vale, peor es que te las hubieran metido dentro de un frasco con alcohol.* No, pero yo seguí de maje con mis apuntes, sin olvidar que —tarde o temprano— tendría que cumplir la orden de escribir sobre la colección de orejas en conserva. Mendiola me mandaba mensajes preguntando cómo iba el escrito y remitiéndome los saludos y el interés del coronel Pulido por el avance de mi misión. El hijueputa se estaba riendo de mí en mi propia cara; y yo sin darme cuenta. Fue hasta que salimos de Kambla, la mañana del regreso, cuando supe la causa de la risotada que provocó el mayor. Entonces até cabos y caí en la cuenta. Ni verga de memoria querían los cabrones. El papel que Olinto Pulido había enviado conmigo andaba de mano en mano. Lo recuperó Homero y me lo dio a leer:

El portador es un vago de mierda que aquí sólo para estorbo sirve, él cree que éste es un mensaje altamente confidencial; y espera que usted le dé orientaciones de cómo escribir la memoria de esta misión. Hágale sentir la rudeza de la vida militar a ver si así salimos de él. Póngalo a hacer cualquier cosa y que no se aparezca en mucho tiempo por aquí. Que siga creyendo que su misión es de suma importancia.

Pero ya era demasiado tarde, porque para entonces tenía conmigo estos recuerdos, que a lo mejor más de alguno considere que divulgarlos sería peligroso. Sin embargo, callar —para mí— sería demasiado. Por eso, revisé, corregí y volví a leer lo que llevaba escrito; y llegué a la conclusión de que mi historia podría tener dos tipos de lectores: los menos, para quienes lo que aquí se representa pudiera ser causa de enojo; y los otros, aquellos que leen novelas porque en ellas encuentran enseñanza y deleite. A los primeros, con las palabras de San Jerónimo a Onaso, citadas en *El Periquillo Sarniento*, les digo: "Si yo hablo de los que tienen las narices podridas y hablan gangoso, ¿por qué habéis de reclamar luego y decir que lo he dicho por vos?" Ojalá que quien ahora cierra este libro, porque ha concluido su lectura, pertenezca a los otros.

*21 de junio de 1997*
*El Paso, Texas*

*Vuelo de cuervos* de Erick Blandón Guevaral
se terminó de imprimir en marzo de 2017
en los talleres de
Litográfica Ingramex, S.A. de C.V.
Centeno 162-1, Col. Granjas Esmeralda, C.P. 09810, Ciudad de México.